오늘도 평화로운 방가네입니다

KI신서 10365

오늘도 평화로운 방가네입니다

1판 1쇄 인쇄 2022년 8월 23일
1판 1쇄 발행 2022년 9월 14일

지은이 방효선, 방효진, 방철용
펴낸이 김영곤
펴낸곳 ㈜북이십일 21세기북스

인생명강팀장 윤서진 **인생명강팀** 강혜지
디자인 피포엘 **일러스트 표지** 반지수 **본문** 방효선
출판마케팅영업본부장 민안기
마케팅2팀 나은경 박보미 정유진 백다희
출판영업팀 최명열
제작팀 이영민 권경민

출판등록 2000년 5월 6일 제406-2003-061호
주소 (10881) 경기도 파주시 회동길 201(문발동)
대표전화 031-955-2100 **팩스** 031-955-2151 **이메일** book21@book21.co.kr

ⓒ 방효선·방효진·방철용, 2022
ISBN 978-89-509-4144-4 03810

(주)북이십일 경계를 허무는 콘텐츠 리더

────────────────────────────────

21세기북스 채널에서 도서 정보와 다양한 영상자료, 이벤트를 만나세요!
페이스북 facebook.com/jiinpill21 포스트 post.naver.com/21c_editors
인스타그램 instagram.com/jiinpill21 홈페이지 www.book21.com
유튜브 youtube.com/book21pub

서울대 가지 않아도 들을 수 있는 **명강의!** 〈서가명강〉
'서가명강'에서는 〈서가명강〉과 〈인생명강〉을 함께 만날 수 있습니다.
유튜브, 네이버, 팟캐스트에서 '서가명강'을 검색해보세요!

* 책값은 뒤표지에 있습니다.
* 이 책 내용의 일부 또는 전부를 재사용하려면 반드시 ㈜북이십일의 동의를 얻어야 합니다.
* 잘못 만들어진 책은 구입하신 서점에서 교환해 드립니다.

오늘도 평화로운 방가네입니다

방효선 × 방효진 × 방철용

{ 웃음과 눈물 사이 그 어디쯤의 이야기 }

21세기북스

방가네로 초대합니다

● 첫째, '방효선' ●

첫째로 태어난 자들이여, 모여라!
이 말썽쟁이(?) 독특한 두 동생들과 함께한
나의 노하우를 모두 보여주리!
어서 책장을 넘기세요!

● 둘째, '방효진(고은아)' ●

저희들의 삶과 인생 속에 초대합니다.
우당탕탕!! 평범하면 평범할 수 있고
또 평범하지 않은 저희들의 이야기를
들어봐주시겠어요? 헤헤.

• 셋째, '방철용(미르)' •

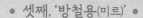

카리스마 넘치는 엠블랙 막내 미르이자

누나들밖에 모르던 철없는 막내까지!!

세상 모든 남동생들은 모여라!!

이제 우리가 반란을 일으킬 때다!!

• 막내, 강아지들 •

왈왈 왈왈왈!

(저희도 나와요!)

방가네는 이런 평가를 받습니다

Song fo ｜진짜 이 집은 어떻게 강아지가 제일 조용하냐ㅋㅋㅋㅋㅋㅋ

J Kim ｜본인들은 모르겠지만, 그냥 보는 게 힐링이다

모르미 ｜이 가족은 마인드가 존경스러움. 행복하게 가족끼리 잘사는 거... 멋있습니다

study cho ｜정말 너무 웃기고 힐링 그 자체예요 ㅋㅋㅋㅋㅋ

BOOKSTOREMASTER ｜연예인집인데 왤케 사촌집에 놀러온 것처럼 내적 친밀감이 오지지ㅋㅋ

어리하나그런데 ｜티비들 모하냐 가족 리얼리티 만들어달라고 ㅋㅋㅋㅋㅋㅋㅋㅋㅋㅋㅋㅋㅋ

Soul Yellow ｜진짜 이 집에는 자가격리해도 하루 종일 심심하지 않을 거 같다

양 ｜너무 행복해 보이고 돈이 많은 것보다 이런 가족이 되고 싶다 부럽다ㅜㅜ

Kellyin CA ｜보는 내내 입꼬리가 안 내려가요. 이렇게 이 세상 사람들이 다 같이 기분 좋을 일이냐구여ㅋㅋ

수지 ｜새벽에 우연히 한편 보고 정주행했네 ㅋㅋ 특별한 콘텐츠도 딱히 없는 거 같은데 다 재밌네ㅋㅋㅋ

등장인물 관계도

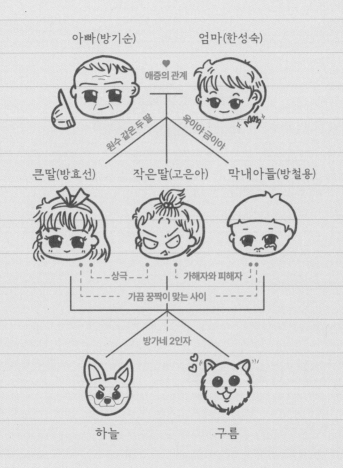

아빠(방기순)　　　　엄마(한성숙)

♥
애증의 관계

원수 같은 두 딸　　옥이야 금이야

큰딸(방효선)　　작은딸(고은아)　　막내아들(방철용)

상극　　　가해자와 피해자

가끔 꿍짝이 맞는 사이

방가네 2인자

하늘　　　　　　구름

차례

1부 방가네 더 비기닝

1 방가네 in 약수리 ·· 3남매

2 시골 소녀 홀로 상경하다 ·· 은아

2부 오늘도 평화로운 방가네입니다

방가네 더 비기닝

1부

1   방가네 in 약수리 : 3남매

장성의 검정 고무신

철용

우리가 살던 약수리는 작은 시골 마을이었다.
아무것도 없는 시골 마을에선 모든 곳이 우리를 위한 놀이터였다.

그나마 우리가 살 때가 마을 주민이 제일 많았는데도
내가 다니던 중학교의 전교생이 50명이었다.
좋은 일이 생기면 돼지 잡아서 마을 회관에서 함께 구워 먹고
작은 소문 하나에 마을이 들썩이던,
지긋지긋하면서도 정답고 그리운 시골 마을.

상상이 잘 안된다면 드라마 〈응답하라 1988〉의
20년 전 모습을 떠올려보면 된다. 1988년은 너무 세련됐지.
1991년생인 내 친구들에게 가끔 어릴 때 뭐하며 놀았냐고 물으면
백이면 백, 놀이터 혹은 오락실이라고 대답한다.

"철용아. 넌 어렸을 때 뭐 하고 놀았어?"

"나? 나는 쥐불놀이?"

다들 농담인 줄 알고 웃지만, 진짜다.

쥐불놀이뿐이게, 산속에서 숨바꼭질도 하고,

딱지치기, 팽이치기, 강강술래도 했다.

심지어 작게 빛나는 반딧불이도 흔하게 구경할 수 있었다.

물론 누나들이 하는 놀이에 내가 '깍두기'처럼 쫓아다닌 거지만.

이런 이야기를 하면 다들 같은 반응이다.

"너희 할아버지 얘기하는 거 아니고?"

할아버지라니, 91년생 미르, 방철용의

'찐 경험담'을 이야기하는 거다.

그나마도 누나들이 안 데려가서 쫓아다니느라 얼마나 힘들었는데!

간식은 늘 논과 밭에 깔려 있었다.

옥수수를 서리한 다음, 땅을 파서

지푸라기를 덮어 구워 먹으면 겉이 타서 무척 맛있었다.

입가에 잔뜩 까만 가루를 묻힌 나를 보고 누나들은 웃었다.

가을에는 잠자리를 잡으러 다니고,

냇가에서 어른들이 빨래하고 있으면 누나들은 옆에서

송사리를 잡곤 했다.

그러니까, 〈나는 자연인이다〉를

우리 가족은 30년도 전에 이미 찍었다는 이야기다.

아, 〈나는 자연인이다〉는 너무 어른 이야기니

우리는 〈검정 고무신〉이 좋겠다. 그 기영이가 바로 나다.

이 작은 시골 마을이 십 대의 남자아이에게 얼마나 지긋지긋했겠어.

이쪽을 봐도 산이요, 저쪽을 봐도 산이니,

어서 빨리 이곳을 벗어나 서울로 가고 싶었다.

은아 누나가 있는 곳, 놀 것도 많고 할 것도 많은 서울!

그리고 서울 생활 중인 지금, 우습게도 나는

다시 저 지긋지긋한 시골 마을로 돌아가고 싶어졌다.

산밖에 안 보이는 내 고향, 약수리.

그러나 어느 곳을 봐도 우리 가족의 추억이 고스란히 녹아 있는

물 좋고 공기 좋고 사랑스러운 그곳.

이쯤 되면 내가 약수리 홍보대사 해야 하는 거 아닌가?

물 좋고 공기 좋고

사랑스러운 그곳.

20년 전으로 돌아가다

철용

"야, 학교 진짜 예뻐!"
"야, 잔디 깔았다!"

20년 만에 방문한 우리의 모교, 장성초등학교는 여전했다.
작지만 사랑스러운 운동장과 아담한 교실,
교문 앞의 '백화점'까지 모두 그대로였다.
(학교 앞의 작은 문방구에는 없는 게 없어
우리에게 '백화점'으로 불렸다!
"세월이 많이 갔다잉" 하며 반겨주셨던
주인 할아버지, 건강히 잘 계시죠?)
20년 전으로 돌아간 우리는
즉흥적으로 벌칙을 걸고 달리기 시합을 벌였다.
비록 슬리퍼 차림이었지만 '초딩'의 마음으로 돌아가 '땅!'

결과는 나 방철용 우승!

벌칙으로 누나들 엉덩이를 때리며

어릴 때의 한을 마음껏 풀었다는 사실은 비밀로 하겠다.

이 끝에서 저 끝까지 30초면 달릴 수 있는 운동장이

그땐 왜 그렇게 넓어 보였을까?

그 작은 학교는 우리 세상의 전부였고,

지금도 여전히 학교를 생각하면 마음이 편안해진다.

힘들 때 나를 받아줄 마음의 안식처가 있다는 것.

그게 고향이 주는 위로가 아닐까?

여러분도 삶에 지칠 때 꼭 한번 추억을 찾아 떠나보시기를!

저 산도 내 산, 이 산도 내 산

철용

구글에 '미르'를 검색하면 이런 설명이 나온다.
'전라남도 장성군 북하면 약수리 출신이며 종갓집 종손으로
선산을 9개 소유하고 있는 부농의 자식이다.'
부농? 내가 아는 부농과 여기 쓰여 있는 부농이
같은 단어가 맞는가.

"보이는 산은 다 철용이 거야" 농담을 했을 정도로
장성에 보이는 많은 산이 다 내 이름이었다.
금수저를 넘어선 '산수저'라고 할 수 있겠지.
하지만 그러면 뭐 해.
죄다 그린벨트로 묶여 있고 그마저도 사라진 지 오래다.
그래도 어린 마음에 산 만큼 좋은 곳이 없었다.
힘든 일이 있거나 집이 답답할 때 우리 셋은 산에 자주 올라갔다.

노을 지는 풍경을 보면서 엄마를 욕하기도 했고,
따듯한 햇살 아래 한숨 낮잠을 자기도 했다.

가끔 남산, 인왕산 등 서울의 산을 올라
도시의 화려한 풍경을 내려다볼 때면
아무런 걱정도 고민도 없이 그저 셋이서 웃을 수 있었던
장성의 산이 그리워진다.

사고도 같이, 도망치는 것도 같이!

효선

셋이 모였다 하면, 그것도 재미나게 놀고 있다면,
사고는 반드시 일어났다.
그날 어떤 사고를 쳤는지는 기억이 가물가물하다.
그래봤자 비슷한 사건이겠지만,
십중팔구 아빠한테 혼나겠다 싶은 그런 순간이 찾아왔다.
빠르게 효진이와 철용이와 눈을 마주쳤다.

　　"어떡하지?"

　　"도망칠까?"

　　"어디로?"

그렇게 가리킨 곳은 항상 우리가 타고 오르던 선산.
끼낑대며 산을 올랐다.

26

주홍빛에서 천천히 분홍빛,

빨간빛으로 노을이 지는 오후 무렵이었다.

산 정상에서 꼬꼬마 셋이 옹기종기 모여앉아

서로의 미래를 걱정했다.

　　"우리 이제 어떻게 살아? 뭐 먹고 살지?"

　　"돈 벌어서 살면 되지!"

　　"돈은 어떻게 버는 건데?"

　　"음… 같이 벌면 되지 않을까?"

　　"근데 노을 너무 예쁘다."

　　"…그러게. 오늘따라 더 예쁘네."

눈 앞에 펼쳐진 노을이 얼마나 아름답던지.

이제 어떻게 먹고 살아야 하나,

걱정도 잠시뿐 우리는 타들어 가는 노을을 바라봤다.

아빠한테 혼날까 무서워했던 것도 잊었다.

그리고 얼마 후, 산 아래에서 아빠의 목소리가 들려왔다.

　　"밥 먹어라!"

혼날까 걱정해서 산을 올랐던 거였는데,
밥 먹으라는 소리에 부리나케 뛰어 내려갔다.
서로 먼저 도착하려고 앞다퉈 뛰어가던 그 너머로
여전히 노을은 붉게 타오르고 있었다.
특별한 일이 없어도 유독 기억에 남는 순간들이 있는데,
아마 그날이 아닐까 싶다.
미래를 걱정하던 꼬마들이 어느새 어른이 됐다.

수십 년이 지났건만 여전히 같은 고민을 한다.
어떻게 살아, 뭐 먹고 살지, 돈은 어떻게 버는 건데.
다행인 건, 그때도 지금도 내 곁에 은아와 철용이가 있다는 것.
난 여전히 똑같은 대답을 한다.

　　"어떻게 벌긴! 우리가 같이 벌면 되겠지."

지긋지긋하게 느껴졌던 약수리의 노을은
그날도, 어른이 된 지금도 여전히 아름답다.

어릴 적 도망쳐온 산에서 본 노을.

이제는 어른이 되어 함께

그 풍경을 바라보다.

시골의 이단아들

은아

지금의 우리 모습을 보고, 많은 분이 묻곤 한다.

"어떻게 남매가 그렇게까지 친할 수 있어요?"
"어떻게 다 그렇게 밝고 웃겨요?"

우리가 어려서부터 친하게 지냈으리라 생각하시는 것 같은데,
사실 우리의 유년 시절은 그리 친밀하지 못했다.
솔직하게 말하자면, 밝지도 못했다.
'시골에서 자란 삼남매'
문장만 보면 참 건강하고 햇살이 반짝이는 느낌인데
실상은 전혀 달랐다.
우리는 '시골의 이단아들'이라는 표현이
더 잘 어울리는 아이들이었다.

시골이라는 게 참 갑갑하다.

종일 논 갈고 밭 갈고,

여덟 시면 어둑어둑해지는 시골에서는

최대 흥밋거리가 남의 집 이야기였다.

안 좋은 일이 생기면 내 일처럼 나서기도 하지만,

반대로 간섭도 많다는 뜻이다.

어른들 잔소리만큼 듣기 싫은 게 어딨겠어.

당시 엄마는 할머니의 병간호로 인천에서 살고 있었다.

그 부재를 모두 걱정 반, 호기심 반으로 물어보곤 했다.

어린 나이에 그게 참 싫었다.

왜 엄마는 우리를 먼저 돌봐주지 않을까, 왜 할머니한테 가 있지.

그러니 그 질문을 하는 어른들이 좋았을 리가 없잖아.

그래서 나는 시골의 이단아를 자청했다.

이단아'들'이라는 표현은 언니와 철용이에게 조금 미안하긴 한데,

우린 같이 가야지!

이단아들의 지상 과제는 잘 크는 것.

지금 우리처럼.

시골에서 자란 '삼남매'보다는

시골의 '이단아들'이 더 잘 어울리는 우리.

정체성에 혼란이 온다

철용

"이리 오너라~!"

장성의 아들, 방철용! 오랜만에 장성에 행차했다.
매년 한 달 정도 장성에 내려가서 일을 돕는데,
2019년에도 어김없이 찾았다.
가끔은 쉬어가는 타임이랄까.
마라맛 삼남매 말고 공기 좋고 물 맑은 아늑한 장성 하우스!
이런 것에도 나름 소소한 재미가 있다.

하지만 마라맛 방가네 어디 안 가지.
〈러브하우스〉 BGM에 맞춰 짜라라란~ 공개하는데,
생각대로 될 리가 없다.
왈왈왈! 구름이와 하늘이가 정신없이 짖고,

우리를 반겨주러 나온 엄마와 아빠는… 인간 본연의 모습이다.

걸친 게 별로 없다는 뜻이다.

파자마라고 우겨보고 싶지만, 아빠의 팬티 바람으로 19금 NG!

오랜만에 보는 얼굴이니 안부도 묻고 밥은 먹었냐 묻고,

보통 집은 그러겠지만 우리 집은 다르다.

집에 오면 일단 할 일이 있다.

　　"아들에게 남편의 욕을 하면 기분이 어떻습니까?"

아웅다웅 티격태격 수십 년이 지나도

여전히 사랑(?) 싸움 중인 엄마의 하소연을 들어주는 것.

오늘의 주제는 야식 라면 전쟁이다.

　　"인정머리 없이 혼자 먹냐~! 나도 끓여줘! 들켰지롱~!
　　그러는 거야!"

그렇게 첫날 밤이 지나고, 드디어 본격적인 일을 시작한다.

추운 날씨에 다들 맛있는 곶감을 만들기 위해 분주하다.

고은아는 나름 감 깎기 베테랑이다.

원래 무식할수록 힘이 세니… 흠흠, 그럼 나는?

수다 떠느라 바쁘지.

주렁주렁 감을 매달고 오순도순 모여서 먹는 점심은
어찌나 맛있던지!
일하고 먹고 다시 일하고 먹고,
단순한 노동이지만 구슬땀을 흘린 만큼 밥은 맛있다.
그게 열심히 돈 벌고 일하는 이유가 아닌가 싶다.
그냥 먹어도 맛있지만, 땀 흘리고 먹는 밥은 더 맛있거든!
그런 의미로 철용이네 감 농장에서 같이 구슬땀 흘려보실 분?
열심히 일한 당신, 고기 앞으로 집합~!!

2 시골 소녀 홀로 상경하다 : 유모

떡잎 X, 출생부터 남다르다

20세기에 산부인과에서 태어나지 않은 사람이 있다?

바로 내 이야기다.

유명한 사람들은 태어날 때부터 남다르다고 하던데,

어쩌면 나도 그런 게 아닐까?

물론 부모님은 남다르다는 말 대신 다른 말을 쓰시지만.

"쟤는 태어날 때부터 유별났어."

"나올 때부터 말을 안 들었어."

그건 나도 인정. 산부인과도 아니지, 보건소다.

그런데 보건소에서 얌전히 태어난 것도 아니다.

"조금만, 조금만 참아. 다 왔어. 지금 입구야, 입구!"

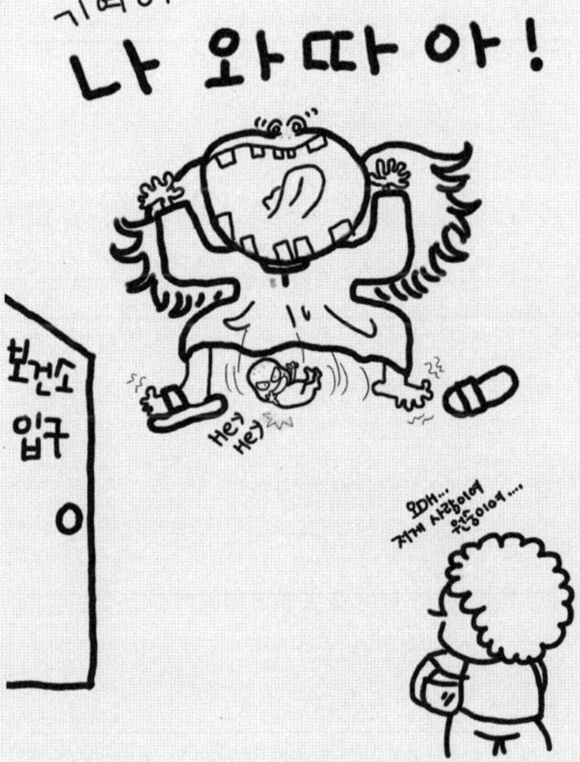
기여이
나 와따아!
Hey
Hey
보건소
입구
엄마...
저게 사람이여 원숭이여....

"안 돼, 안돼! 나, 나와요! 나온다고!"

응애―.

그렇게 내가 태어났다, 보건소 앞에 다다라서.
조금만 더 버텨서, 수술실이든 어디든 들어가
우렁차게 울음을 터뜨렸어도 됐을 것을.

뭐가 그리 급하다고 보건소 입구에서 태어났다.
언니랑 철용이는 산부인과에서 준비 잘하고 보살핌받으며 태어났는데,
이마저도 나는 참 내 멋대로였다.

"내가 태어날 곳은 내가 정한다!"였으려나.
엄마는 나를 낳고 울었다.
벅차서 혹은 미안해서는 아니고 너무 못생겨서.
아니, 누가 고은아를 못생겼다고 그래?
하지만 어릴 때 사진 보면 이건 나도 인정.
그때는 쌍꺼풀도 없었다. 나이 들면서 생겼다고 하는데,
그런 내가 연예인이 됐으니 사람 팔자는 정말 모를 일이다.
무엇이 그렇게 급했나 몰라. 태어날 때부터 급했던 아이,

하지만 이제 다르게 말하고 싶다.

떡잎부터 남달랐을 뿐이야!

효선 언니의 손가락, 타닥!

처음부터 연예인이라는 꿈을 가진 것은 아니었다.

어릴 때의 꿈이 다 그렇듯 내 꿈도 항상 바뀌었다.

그러다 우연히 효선 언니의 손가락 몇 번으로 내 인생이 바뀌었다.

인터넷에서 본 '모델 선발대회'에

내 의사는 묻지도 않고 냉큼 신청한 것이다.

그저 예쁜 척 포즈를 취한 것이 다였던 하두리 캠 사진으로.

근데 신기하게도 얼마 뒤 언니에게 메일 한 통이 도착했다.

그때 언니가 했던 말이 아직도 잊히질 않는다.

"은아야, 너 이거 됐다. 해볼래?"

효선   근데 그 사진 정말 예뻤어. 내 눈에도 예쁘니 남들 눈엔
       더 예뻤겠지?

언니가 지원한 하두리 캠의 사진 한 장,

그게 고은아의 시발점이었다.

물론 그전에도 종종 연예인을 해보라는 이야기를 듣곤 했다.

특히 셋째 고모가 볼 때마다 그 이야기를 하셨다.

> "은아 보면 팔다리도 쭉쭉 길고 말라서 옷 태도 남달라.
>
> 그러니 한 번 모델 해봐."

예전에는 한 귀로 흘렸던 그 말이 합격 연락을 받고서부터

머릿속을 떠나지 않았다.

정말 그 길이 내 길일지도 모른다는 생각이 든 거다.

모델, 내가 모델이 될 수 있을까?

텔레비전에 나오는 사람들처럼 내가 할 수 있을까?

언니의 손가락에 어떤 좋은 기운이 있는 건지는 모르겠지만

고은아의 시작은 다 효선 언니의 손가락이 만들어냈다는 말씀.

그러니 방효선의 손가락은 타노스의 손가락보다 내게 더 절대적이다.

효선   다~~! 내 덕분인 줄 알아~!!

나를 키운 건, 팔 할이 '악'

철용이는 항상 내게 악(惡)하다는 이야기를 하곤 했다.
내가 괴롭힐 때야 당연히 날 악마 같다고 표현하겠지만,
방효진이 아닌 '고은아'를 회상할 때도 같은 말을 한다.
고은아는 정말 악독하게 했다고.
지금이야 그 말을 웃으며 넘기지만
문득 그 '악'이라는 단어를 떠올릴 때마다
'그래, 그 말만큼 고은아를 잘 표현하는 단어도 없지'
하는 생각이 든다.

'악할 악'이 아닌 이 악물고 악!
소리가 날 때까지 버티고 또 버티는 것.
지금 생각해봐도 그때의 '고은아'가 되기까지
나는 악 소리를 내며 독하게 버텨내며 일했다.

첫 촬영일이 아직 생생하다. 어느 날 밤에 나를 찾는 전화가 왔다.

"방효진 씨 댁 맞나요? 촬영의뢰를 하고 싶은데요?"

어떤 촬영이었는지도 기억난다.
눈을 감고 떠올리면
그날의 공기부터 나를 둘러싼 모든 것들이 생생하다.
어떻게 잊을 수 있을까.

떨릴 법도, 부끄러울 만도 한데,
태어나 처음 입어보는 하얀 탑과 빨갛게 염색된 숏컷 가발을 쓰고도
어색하지 않았다.
찰칵, 팡! 찰칵, 팡!
내 앞에서 열심히 움직이는 그 카메라 셔터 소리가 너무 좋았다.
요구하는 족족, 요령을 모르는데도 시키는 대로 열심히 움직였다.
나한테 이런 소질이 있었나,
스스로 놀랄 만큼 내 움직임에는 거침이 없었다.

'그래, 마음이 가는 대로, 몸이 움직이는 대로 해보자!'

그날의 두근거림을 어떻게 설명할 수 있을까.

설렜다. 기뻤다. 신기하고 행복했다. 그리고 무엇보다, 재밌었다.

시도해보기 전엔 아무도 그 가능성을 모른다는 말이

마음속에 불쑥 떠올랐다.

그날 이후로 장성에서 서울까지의 길고 긴 여정이 시작됐다.

당시 중학생이던 나에게 서울은 복잡하고 거대한 미로 같았다.

'역에서 내리면 뭘 타고 어디로 가야 하지?' 하는

막연함은 항상 있었지만

그럼에도 나는 끊임없이 서울로 향했다.

'어서 도착해 나를 보여주고 싶다'는 설렘이 더 컸기 때문이다.

그 막연한 설렘 속에서 내 꿈은 무럭무럭 꽃을 피우기 시작했다.

모델이 되는 것.

그러니 내가 할 수 있는 건,

장성에서 서울까지 무궁화호를 타고 열심히 달렸다가

어김없이 돌아오는 것뿐이었다.

장시간을 달리는 기차 안에서

일회용 카메라로 찍은 사진을 A4 용지에 열심히 붙여

프로필을 만들기도 하고,

서울에 도착해 잡지사마다 찾아가 돌리기도 했다.

그리고 혹시나 길을 잃어 늦을까 봐

매번 촬영 시간 두 시간 전에 도착해

근처 화장실에서 시간을 보내곤 했다.

아무리 생각해도 중학생의 방효진은 정말 독한 구석이 있었다.

그 독한 구석은 처음 서울에 일하러 가는 날부터 발휘됐는데,

그 노력은 지금도 종종 써먹곤 한다.

포즈 연구나 표정 연기는 당연한 공부였고,

그 무엇보다 열심히 했던 건,

당시 서울 지하철 노선도를 통째로 달달 외우는 것이었다.

어른도 없이 중학생 혼자 서울을 올라가야 했으니,

눈 뜨고 코 베여간다는 서울에서 얼마나 무섭고 걱정했는지 모른다.

그런데도 가지 않겠다는 생각은 단 한 번도 하지 않았다.

아무리 어렵고 두려운 길이라도 나는 갈 수 있었다.

얼마나 모델이 되고 싶었던 건지… 그때의 방효진에게 묻고 싶다.

얼마나 간절했던 꿈이었냐고. 어떻게 그렇게까지 할 수 있냐고.

꿈의 계단 밟기

원대한 꿈과 뼈를 깎는 노력이 들어간 만큼,

처음부터 팡! 로또 맞았다면 좋았겠지만.

첫 결과물은 참 소박했다. 달마다 나오는 잡지니까,

'아, 이번 호에 실렸겠구나!' 두근거리는 마음으로 촤르륵 펼쳤는데,

이게 웬걸. 아무리 뒤져도 내 사진이 나오지 않았다.

열심히 뒤지고 또 뒤져도 몇 번을 찾고 또 찾아도 나오지 않았다.

그러다 한참이 지나서야, 앗 여기 있네!

효선 언니가 가리킨 그 사진은, 딱 증명사진 크기였다.

뭐, 크기가 뭣이 중한디~!

작은 사이즈에 실망을 할 법도 했지만,

잡지에 내가 실린 것만으로도 정말 행복했다.

아, 그래도 표지모델에 한 발짝 다가섰어! 그런 마음부터 들었다.

그때부터 고은아의 목표가 하나씩 생겼다.

이번에는 증명사진이었으니까 다음에는 이것보다 두 배 크기면 좋겠다.

다음에는 한 쪽에 내 얼굴이 다 나오면 좋겠다.

그 목표는 차곡차곡 이루어지기 시작했고,

어느새 성큼, 내 꿈을 앞서 나가기 시작했다.

패션 잡지 2장에서 브랜드 하나로, 메인 표지모델로,

그리고 시트콤으로, 영화로. 차곡차곡 계단을 밟아 올랐다.

그렇게 내 목표는 꿈이 아닌 현실이 되기 시작했다.

물론 독으로, 악으로 누구보다 열심히 버텨낸 결과였는데,

혹시 고은아 이야기 궁금하신 분?

라떼는 말이야~! 본격적으로 시작해도 되겠지?

이 구역의 허세왕

어디를 봐도 산이고 논이었던 약수리에서

몇 시간을 달리면 도착하는 서울.

온갖 화려한 고층 건물 앞에서

나는 가끔 길을 잃은 기분이 들었다.

그 화려한 빛 속에 파묻혀 있다가

다시 약수리로 돌아갈 때는 더 그랬다.

무대에서 퇴장해, 어쩌면 두 번 다시 나를 찾지 않을 시골 깡촌

약수리로 돌아간다는 것이 무서울 때도 있고, 헛헛할 때도 있고.

그럴 때는, 마치 빠져나갈 수 없는 거대한 미로에

홀로 갇혀 있는 것만 같았다.

하지만 다행히 그 기분은 오래가지 않았다.

부정적인 감정보다 나를 더 기대하게 만드는 뿌듯함이 있었으니.

철용   와! 누나 너무 예쁘다!

효선   이건 뭐야? 오늘은 뭐 찍었어?

화보 촬영을 끝내면 그 자리에서 메이크업을 지울 수 있었다.

하지만 난 지우지 않았다. 왜? 언니랑 철용이한테 보여줘야 하니까!

하루종일 화장으로 피부가 건조해져도

효선 언니와 철용이의 감탄 한 번 들으려고

장성까지 그 얼굴 그대로 내려갔다.

은아   이게 뭔 줄 알아? 잘 봐. 코에 딱 대면, 이게 기름이야

       기름. 코기름. 화장은 그대로고 이런 것만 흡수한다?

       엄청 신기하지. 서울에는 이런 것들이 있어.

효선·철용   우와아아아아!

정작 서울에서는 길을 잃을까 무서워

두 시간 전에 도착하던 고은아가,

두 사람 앞에서는 누구보다 '서잘알(서울 잘 아는 사람)'이 되어 있었다.

그 얼굴로 장성에서의 두 번째 화보 촬영이 시작됐다.

같이 포즈를 취하고, 열심히 사진을 찍었다.

눈 깜짝하면 휩쓸릴 것 같은 서울에서,

내가 길을 잃지 않았던 이유는 단 하나였다.

장성에서 나를 기다리고 있는 가족들이 있었기 때문에.

지금 와서 보니,

내 마음속 미로의 출구는 이미 오래전부터 정해져 있었던 것 같아.

EXIT, 이리로 도망치세요. 가족, 가족이 있습니다.

✳

방가네는 사랑을 싣고

고마움을 전하고 싶은 사람을 찾는 〈TV는 사랑을 싣고〉
만약 내가 그 프로그램에 출연하게 된다면,
나도 꼭 찾고 싶은 분이 있다.

아빠의 결사반대로 서울행 기차표를 끊을 용돈도 받지 못한 시절,
나는 간신히 편도 표만 끊고 서울로 향했다.
시청에서 잡지 촬영 아르바이트가 잡힌 날이었다.
지금이야, 돌아오는 티켓 살 돈도 없는데 고은아 참 겁도 없다,
이 생각부터 들지만, 당시에는 약속이 더 중요했다.
촬영 하나에 수많은 사람의 노력과 수고가 들어간다.
그걸 내가 깨뜨릴 수는 없었다. 어떻게든 되겠지, 단순하게 생각하고
역시나 2시간 전에 현장에 도착했다.
화장실에서 시간을 보낸 뒤, 촬영 시간에 맞춰 스튜디오에 들어섰는데,

이럴 수가! 청천벽력 같은 소식이 들려왔다.

　　"어머 은아야. 왜 왔어? 오늘 촬영 취소됐는데!"

간신히 온 건데, 이제 어떻게 돌아가지.
미뤄둔 고민이 순식간에 머릿속을 채웠다.
자초지종을 설명하고 도움을 구했으면 좋았겠지만
어린 나이에 내 자존심은 그 몇 마디 말을 허락하지 않았다.

　　"그래요? 알겠어요."

어린 고은아는 누구보다 '쿨'하게 촬영장을 뒤돌아 나왔다.
시청에서 서울역까지는 걸어갈 수 있는 거리니,
여기저기 헤매며 간신히 도착했다.
하지만 돌아갈 기차표를 사기엔 돈이 턱없이 부족했다.
꼬르륵, 눈치없게 배가 고팠다. 어차피 티켓도 못 살거~!
될 대로 되라는 심정으로 남은 돈을 탈탈 털어
포장마차에서 떡볶이를 사 먹었다.
정말 무슨 생각이었는지, 무슨 깡이었는지 알 수가 없다.
배를 채운 뒤, 내 발걸음이 향한 곳은 서울역 화장실이었다.

이제 어떡하지, 칸 안에서 고민하다… 어느 순간 잠이 들었다.

    "거기 누구요?"

누가 내 옆구리를 쿡, 쿡 찌르는 느낌에 벌떡 일어났다.
눈앞에 대걸레가 보였다. 화들짝 놀라
입을 닫고 가만히 있는데 덜커덩 소리와 함께
역무원 아저씨가 위에서 나를 보고 있었다.

    "학생 아니야? 거기서 뭐 해?"
    "아저씨…."

아저씨는 내 상황을 다 듣더니, 나를 근처 순댓국집으로 데려가셨다.
처음으로 먹어본 순댓국이었다.
살면서 그날만큼 맛있는 순댓국은 먹어보지 못했다.
얼마나 배고팠는지 그 뜨거운 걸 순식간에 해치웠다.
아저씨는 내게 밥을 사준 뒤, 기차표까지 사서 손에 쥐어주셨다.

    "조심히 가고, 다음부터는 꼭 돈 챙겨서 다니고."

나를 배웅하는 아저씨를 보며,

천천히 출발하는 기차 안에 앉아 결심했다.

진짜 잊지 말자. 나에게 베풀어준 사람들 모두 기억해서

나중에 성공한 다음에 꼭 갚자!

방효진 내 이름 석 자 남기겠다고 결심했을 때보다

더 큰 각오를 했던 것 같다.

이 책을 쓰면서 다시 한번 아저씨가 떠올랐다.

방효진 인생에 정말 몇 없는 은인이기 때문에

매번 방송에 나갈 때마다, 인터뷰가 있을 때마다 찾고 있는데

한 번도 응답해주시질 않는다.

어디 계세요? 응답해주세요,

서울역의 역무원 아저씨!

동해의 히치하이커

동해에서 의류 화보 촬영을 하던 날이었다. 꿈에 그리던 의류 화보!
고은아, 정말 무슨 운이야. 바라는 대로 다 이루어지네!
들뜬 마음은 숨길 수가 없었다.
피나는 노력을 한다고 해서 그 피, 땀, 눈물이
모두 보상으로 돌아오지 않는다는 사실은 일찍 깨달았지만,
그때만큼은 순수하게 기뻐할 수 있었다.

바닷가에서의 촬영은 단체 화보 촬영이었기에
나 외에도 무척 많은 모델이 동원됐다.
혼자 하는 촬영은 아니었지만,
그동안 바라기만 했던 일이
실제로 눈앞에 펼쳐졌을 때의 감격은 이루 말할 수가 없다.
무엇이든 해내겠다고 마음먹었다.

요구사항 이상으로 잘 해내겠다고 결심도 했다.

맨발로 촬영을 하는 터라,

발바닥이 다 찢어지고 상처가 났지만 내색할 수 없었다.

비록 나이는 가장 어렸지만,

프로들 속에서 나 또한 프로이고 싶었으니까.

그 다짐이 잘 지켜졌는지 촬영은 무사히 끝났다.

하지만 변수는 항상 마지막에 일어나지.

잠깐 화장실을 갔다 온 사이, 그 드넓은 바닷가 모래사장에는….

　　　"저기요? 아무도 없어요?"

'그리고 아무도 없었다'라는 소설 제목이 절로 떠오르지 뭐야.

공포영화의 한 장면인 줄?

워낙 사람이 많다 보니 미처 나를 챙기지 못한 거다.

단 한 사람도 남아 있지 않았다.

서울에서 한참을 달려온 동해,

그 망망대해 앞에서 나는 누구도 찾을 수 없었다.

울 수도, 왜 나를 챙기지 않냐고 떼를 쓸 수도 없었다.

내가 생각한 프로의 세계는 아마 그런 거였나 봐.

아무리 생각해도 고은아, 참 겁도 없지.

"여기요, 여기! 세워봐요!"

열심히 팔을 휘젓고 방방 뛰어 차를 얻어탔다.
내 인생 처음이자 마지막 히치하이킹.
영화에서는 미국 도로 한복판에서 하는데,
내가 동해에서 히치하이킹을 할 줄이야!
고은아 인생을 스쳐지나간 사람 중에
찾고 싶은 사람이 왜 이렇게 많을까.
서울역의 역무원 아저씨, 동해에서 서울까지 나를 태워주신 분.
다시 한번 정말 고맙습니다.

하지만 아무에게도 말하지 않았다.
그때도 마찬가지로 프로이고 싶었으니까.
그런 나를 걱정하기보다는, 어려서 그렇다는 소리를 들을까 봐.
성인이라면 같은 상황을 겪었을 때 어떻게 할까.
내 기준은 오직 그거였다.
오래전부터 나의 비교 대상은 어른들이었으니,

그러니까, 어리다고 놀리지 말아요.
어리다고 프로가 아닐 거라고 생각하지 말아요~!

개천에서 용 된 고은아!

서로의 집에 숟가락이 몇 개인지도 아는 사이,

그것이 약수리의 실체다!

그만큼 가까워 이웃이 가족이나 다름없다는 뜻도 되고,

그 정도로 서로에게 관심이 많다는 말도 되고.

어찌나 이러쿵저러쿵 말이 많은지.

이 정도 홍보는 건 괜찮다. 원래 욕은 가족끼리 하는 거라고 했어.

　　　"효진(은아)이 연예인 하겠다며?

　　　걔가 무슨 연예인이야~ 하려면 효선이가 해야지!"

얼굴도 예뻐, 공부도 잘해, 어른들한테 싹싹하기까지!

언니는 약수리의 스타였다.

그런 언니가 아닌 내가 연예인이 되겠다고

서울로 올라간다고 했을 때, 약수리 어른들의 반응은 한결같았다.
그래서 더 독한 마음을 품었던 걸지도 모른다.
내가 왜, 내가 어때서!

부모님은 전적으로 나를 지원해주셨다.
물론 처음부터 찬성한 것은 아니지만
일단 고은아가 앞뒤 안 가리고 달려드니까
그 정성과 독기에 져주신 것이다.
집이 어려워 물질적인 것은 많이 못 해주었지만,
해줄 수 있는 한도 내에서는 어떻게든 나를 응원했다.

지금 와서 생각해보면
'내 딸 고은아가 연예인이 될 상이야!'라고 믿었던 게 아니라
'그래, 네가 하고 싶다고 하니까 해 봐'였던 것 같지만….
작디작은 시골 마을에서 무엇이든 큼직한 서울에 오기까지
그 고생은 이루 말할 수가 없다.
가진 건 없었지만 자식을 사랑하는 마음만큼은 누구보다 커서,
찜질방 한구석에서 쪽잠을 자면서도 엄마는 나를 응원해줬다.

그리고 끝내 그 사랑이 하나둘 결실로 나올 때쯤

마을 어귀에 플래카드 하나가 걸렸다.

"방기순 씨 둘째 딸, 고은아로 개명해 활동 중."

것봐. 내가 해낸다고 했지! 방기순 씨!

내 인생 최초의 플렉스

고등학교 1학년 엄마의 생신날을 앞두고 나는 만반의 준비를 했다.

누구보다 고생한 엄마에게 큰 선물을 하고 싶었다.

누가 들어도 딸 잘 됐다, 이 소리를 듣게 하고 싶었고

그동안의 고생을 잠시라도 잊을 수 있게

큰 추억을 만들어주고 싶었다.

그렇게 준비한 선물이 뭐냐고? 당연히 현금이지!

어린 나이에 돈을 벌어보니 더 크게 느꼈다.

돈을 버는 건 정말 힘든 거구나.

뼈를 깎는 고통으로 영혼까지 탈탈 받쳐

통장에 꽂힌 돈은 정말 귀한 거구나.

그런 돈을 우리에게 아낌없이 쓰는 엄마에게

그보다 더 큰 선물이 있을까 싶었으니,

내가 가장 먼저 한 건 시장에 가는 거였다.

"이 지갑 얼마예요? 그거 빨간색 장지갑이요.
엄마 선물하려고요."

지금 생각해봐도 참 귀여운 건, 현금을 선물로 줄 생각은 했으면서
그 흔한 명품 지갑은 생각도 못 했다는 거다.
알지도 못했고, 알았다고 해도 너무 비싸서 엄두도 못 냈을 테지만.

그렇게 시장에서 빨간색 장지갑을 샀다.
미리 준비해둔 만 원권 지폐를 쫙쫙 펴서 양쪽을 꽉꽉 채웠다.
더 이상 들어가지 않을 정도로,
억지로 넣고 더 넣어서 지갑이 잠기지도 않았다.
노란색 고무줄로 지갑을 칭칭 감으면서 했던 생각은 단 하나였다.
엄마가 얼마나 좋아할까.

팽팽한 고무줄을 힘겹게 벗기며 좋아하던 엄마의 모습이
아직도 눈에 선하다.
엄마는 아직도 그 지갑을 갖고 계신다. 돈은? 진작에 다 썼지!

라떼는 말이야!

*

연예인이 되겠다고 선택한 순간부터 고생은 시작됐다…

라고 말할 생각은 없다.

삼남매 중 둘째로 태어나면서 이미 내 삶은 전쟁통과 다름없었으니.

이미 예쁨 받고 자란 첫째와 내게 올 사랑을 고스란히 가져간 막내,

그사이에서 나는 항상 오감을 곤두세웠던 것 같다.

나한테 독하다고 하지만

"독해질 수밖에 없었어!"라고 변명해본다.

그러니 이미 전투력 '만땅'인 나는 싸울 준비가 된 상태였다.

'어떤 고생이 와도 내가 가뿐히 뛰어넘겠어!'라는 의지가 있었다.

하지만 그런 내 각오를 비웃듯, 연예계는 녹록지 않았다.

자본도, 인맥도 없던

중학생의 어린 고은아가 무엇을 할 수 있었을까.

장성과 서울을 오갔던 일상들, 화장실에서 몰래 대기하던 시간,

찜질방에서 쪽잠 자는 숱한 밤, 손바닥만 한 원룸 생활 등등.

어떤 고생을 했는지는 일일이 말하고 싶진 않다.

"라떼는 말이야"라고 말할 순 있겠지만

"나만큼 고생해봤어?"만큼 재미없는 이야기가 어딨겠어

누구나 다 하는 고생을

"내가 제일 힘들었어요"라고 말하고 싶지는 않다.

하지만 내가 고생 없이 어떻게 그 자리까지 올라갔겠어!

(라면서 고생한 얘기를 이미 해버렸네….)

아직도 기억에 남는 장면이 하나 있다.

화보에 이어 CF만 계속 찍던 내게

연기를 할 수 있는 기회가 찾아왔다.

가수 러브홀릭의 〈Sky〉 뮤직비디오였는데,

감독님이 나를 보더니 주변에 있던 사람을 모두 물렸다.

단둘이 이야기하고 싶다는 취지였는데, 물어본 건 딱 하나였다.

감독님   은아야. 네 얘기 좀 들려줄래?

은아   제 얘기요?

감독님   응. 인생 이야기?

그때는 질문의 의도도 모르고 살아온 이야기를 쭉 했다.

고작 17살 여학생의 인생이 대단하면 얼마나 대단하고,

길면 얼마나 길다고 이야기를 듣고 싶으셨을까.

오디션에 붙고 싶었던 나는 그렇게 내 인생을 끄집어냈다.

조심스럽게 천천히 하나둘씩…

나중에는 무슨 이야기를 했는지도 잘 기억나지 않는다.

다만 감독님은 그 이야기를 묵묵하게 들어주셨다.

그리고 그 뒤로 그분의 뮤직비디오에는 항상 내가 출연했다.

한참 시간이 지난 뒤, 감독님께 여쭤봤다.

은아 　　감독님. 그때, 제 인생 이야기가 왜 궁금하셨어요?

감독님 　음… 네가 밝게 있는데, 눈이 너무 슬퍼 보였거든.

　　　　그 어린 나이에 어떻게 저런 슬픈 눈을 가졌을까.

　　　　웃는 게 참 예쁜데 콕, 찌르면 울 것 같았지.

웃고는 있는데 눈에 고생한 게 훤히 보였단다.

그 이야기를 듣고 나는 되려 감독님의 인생이 궁금해졌다.

"어떻게 아셨어요? 어른이 되면, 무언가를 예리하게 관찰하는
감독님이 되면 그런 게 다 보이는 건가요?"

콕 찌르면 울 것 같은,

고은아 안에 숨어 있던 방효진을 발견했던 거니까.

그리고 나도 그런 어른이 되고 싶었다.

고은아 허리춤 '제2의 전지현'

모바일 서비스 'So1' CF 화제

신예 고은아(17)가 허리가 휘어 저라 춤을 춰 '제2의 전지현'이라 는 별칭을 얻었다.

인형 같은 외모로 시청자에 게 어필해온 그는 최근 국내 최초의 오픈 모바일 인터넷 서비스 So1(쓰원) CF에서 그 동안 갈고 닦은 댄스실력을 공개했다. 그는 전지현 마 이젯 광고의 안무를 담당했던 곽영근 안무가로부터 일주 일에 세번씩 특훈 을 받아 포스트 전 지현 댄스를 완성 시켰다.

소문난 연습벌 레인 그는 촬영 전날 밤부터 다음 날 새벽까지 8시 간 넘게 혼자서 미 흡한 동작을 연습 했다고, 허리에 통증

이 올 정도로 연습한 끝에 화면에 고은아의 환상적인 S자 웨이브로 가득 채워졌다.

"남들에겐 관대해도 제 자신의 실수엔 철저한 성격이거든 요. 8시간 동안 거울 앞에 서 연습하느라 허리를 꼿꼿했는데 결과가 잘 나 와서 아픈 줄도 모르겠 어요."

고은아의 So1댄스의 특징은 몸의 곡선 을 최대한 살려 여성미와 격렬 한 리듬감. 온 신 측은 So1 댄스가 최근 들 입마니아의 열렬 한 호응을 얻자 CF의 메이킹 필 름을 공개할 예 정이라고 밝혔 다.

/한은영기자
eve@metroseoul.co

IS entertainment

고은아, 드라마 첫 외출

'알로에' '양파링' '비타500' 등 떠오르는 CF스타
KBS 드라마 시티 '…이별이야기' 미대생역 출연

CF스타 고은아(17)가 KBS 1TV 드라마시티 '여 름, 이별 이야기'(극본 황선미, 연출 김원석)를 통 해 처음으로 드라마에 출연한다.

26일 밤 11시에 방송하는 드라마시티 '여름, 이별이야기'서 고은아는 교통사고로 연인(박정 철)을 잃고 이별을 통과하는 여대생(…'가슴 아픈 사이')을 500 주인공 역으로 브라운 관에 뛰어들 출연한다.

그동안 '알로에' '양파링' '문세통신' '하나500' 등 각종 TV 광고에 등장하며 떠오르는 CF스타로 기상화려고 있는 고은아는 이번 드라마에서도 쉬운 방문이 아닌 새로운 탤런트 이창래 촬영(강한)에서 영

고은아의 황금 사과, 금실이

고등학교 1학년 때 이천희, 김지석 선배님과 드라마를 찍었다.

대학생이고, 시한부인 역할이었다.

그 모습을 보고 한 감독님이 연락을 주었다.

> "오디션을 봤으면 좋겠어요. 아역이긴 한데,
>
> 대구 사투리를 좀 썼으면 좋겠고….”

난 고1이었는데!

성인 역할만 했으니

고은아를 학생으로 아는 사람들은 많지 않았다.

그리고 걱정은 다른 곳에 있었다.

난 전라도 사람인데, 대구 사투리라니! 하지만 하고 싶었다.

황금사과의 주인공이 나와 너무 비슷했다.

남매, 과수원집 딸. 무턱대고 매달렸던 것 같다.

    "저한테 시간을 조금만 주시면 안 될까요?
    대구 사투리, 다 해갈게요. 무엇이든 다 연습해서 갈게요.
    잘할 수 있어요."

내 모습이 간절해 보였는지 감독님이 시간을 주었다.
바로 부산으로 내려갔다. 사투리를 배워야 하니까!
연기학원 선생님뿐만 아니라
같은 학원에 다니는 대구 친구들에게서 사투리를 배우고,
아예 근처 모텔에서 투숙하며 시간을 보냈다.

그럼에도 시간이 너무 부족했다.
아무리 노력해도 조금씩 어색함이 묻어나왔다.
평생을 그곳에서 살아온 생활 사투리를 해야 하는데,
그 짧은 시간 내에 어떻게 가능했겠어.
거기다 감독님이 대구 사람이셨다. 아뿔싸!
하지만 고은아가 포기할쏘냐.

    "저 할 수 있어요. 지금보다 앞으로 더 나아질 거예요.

매일 연습해올게요. 할 수 있습니다."

할 수 있다, 해내겠다며 열의를 불태웠다.

의견이 팽팽하게 갈렸고, 결국 없던 연기 배틀까지 생겼다.

두 달 동안 치열하게 주인공을 두고 겨뤘다.

하지만 안타깝게도 배틀의 승자는 내가 아니었다.

아쉽지만 어쩔 수 없었다. 최선을 다했으니 후회는 없었다…

는 무슨! 최선을 다한 만큼 그것을 해내지 못한 자신에게 속상했다.

그런데 그때 감독님이 나를 불렀다.

감독님	은아야. 너 금실이 해라.
은아	…네?
감독님	계속 지켜보니까, 너 금실이가 딱이다.
	네가 오디션 본 아역은 가부장적이고 듬직해야
	하는데, 카메라 너머로 연기하는 모습을 보니까
	네가 참 천진난만하더라고.

금실이 아역을 말씀하시는 건가?

어떤 역이든 기회가 왔으니 무엇이든 좋다고 할 생각이었다.

감독님   그러니까, 너 성인 금실이 해라.

은아   ...네?

감독님   주연하라고.

얼마나 울었는지 모른다. 정말 많이 울었다.

내 인생의 첫 주연이었다. 주연, 고은아.

나를 알아봐주기 시작했다.

고은아가 되기 위해 열심히 발장구를 치는 방효진을.

우리 엄마예요

앞서 말한 '프로병'은 고은아로 활동하는 내내 있었다.

어린 나이에 데뷔해서 유독 더 짙게 찾아올 수밖에 없었다.

방효진의 나이는 열일곱 살이었지만,

고은아는 그보다 10년은 먼저 태어난 사람처럼 행동해야만 했다.

참 안타까운 건,

고은아의 전성기일 그 시기에 가족은 곁에 없었다는 사실이다.

드라마를 찍건, CF나 영화를 찍건,

그 현장에 가족을 초대해본 적이 없다.

혹시라도 NG를 내서 혼나는 모습을 가족이 볼까 봐,

어리다고 하대하는 모습을 보고 속상해할까 봐,

물론 못하는 모습을 보여주고 싶지도 않았다.

이 구역 허세왕이 어디 가겠어!

멋진 모습만 보여주고 싶었다는 뜻이다.

당시에는 고은아도, 방효진도 없었다.

영화 〈사랑방 선수와 어머니〉를 촬영할 때의 일이다.

그쯤 찾아온 불면증으로 난 제대로 잠을 자지 못했다.

촬영지가 땅끝마을이었는데 걱정이 된 엄마가 나와 함께 갔다.

그 누구도 엄마가 함께 온 건 몰랐다.

방 안에 들어올 일이 없으니 매니저도 몰랐다.

'혼자 못하니까 엄마를 데려왔구나'라고 생각할까 봐

혹은 매니저 님 엄마까지 챙겨야 해서 고생할까 봐

나는 철저하게 엄마를 숨겼다.

식판에 밥을 챙겨 방에 가서 엄마랑 먹었다.

엄마 또한 내게 흠이 될까 걱정해 밖으로 한 발자국도 나오지 않았다.

하지만 엄마는 그마저도 행복하다고 했다.

   "효진아. 내가 네 촬영장에도 와 보는구나.

   내 딸이 주연배우로 나오는 현장에. 엄마 참 좋다."

촬영 현장도 아니고,

주연배우의 엄마로 소개받지도 못하면서 뭐가 그리 좋다고.

그 좁디좁은 방안에 갇혀 촬영하는 고은아를 상상했을 엄마.

"우리 엄마예요."
"아, 고은아 씨 엄마시군요."

그게 뭐라고 그거 하나 못 해준 게 아직도 마음에 사무친다.
지금은 여유가 생겨, 촬영장에 놀러 오라고 해도 안 오지만.
그때의 고은아와 지금의 고은아가 이미지가 너무 달라서 그런가.
여배우 고은아는 좋은데
꽃무늬 잠옷 입은 고은아는 창피하다는 거야 뭐야!
어쨌든, 그때의 설움을 여기서 털어봐야겠다.
여러분, 우리 엄마예요. 고은아 엄마, 한성숙.

3   나도 어른은 처음이라 : 호석

✳ 덕심으로 이겨낸 사춘기

고은아, 방철용를 부리며 약수리의 골목대장으로 군림했던 나였지만,
그 영광은 오래가지 않았다.
나는 중학교 시절 내내 외톨이였다.
친구가 없었지만 god를 좋아하는 덕심으로 이겨냈다.

학교에서 집으로 돌아오면 컴퓨터를 켜고
god 팬들과 소통하는 게 그렇게 기쁘고 즐거웠다.
방학 때 만나곤 하는 god 팬모임 사람들과의 시간이
일상의 낙으로 자리잡았다.

    "윤계상! god! 윤계상! 천의 얼굴·윤계상! g! o! d! 짱!"

그때 내 세상의 중심은 god였다.

얼마나 다행이야, 그 중심이 학교나 반 친구들이었으면

난 버티지 못했을지도 모른다.

(이 자리를 빌려 god 분들에게 감사 인사를, 사람 하나 살리셨어요!)

god 팬카페에서 같은 팬을 만났다.

god 이야기로 수많은 밤을 보냈다.

덕분에 나의 하루하루는 보통날이 되어갔다.

오늘도 홀로, 내일로 홀로일 외톨이의 일상에서는,

항상 새로운 상처가 생기기 마련이었지만

내 안에서는 쌓일 새가 없었다.

그 한을, 그 울분을 전부 종이에다 풀었으니까.

들어는 봤는가! 팬픽!

무언가에 홀린 사람처럼 A4용지에 빼곡하게 적어 내려갔다.

내가 읽어도 재미있었다. 첫 독자는 효진이와 철용이었다.

철용	누나 이거 뭐야? 짱 재밌다!
은아	다음 편은 언제 쓸 거야? 다음 편 없어?
	그래서 어떻게 되는데!! 궁금하잖아!!

나 때문에 자연스레 god 팬이 된 두 사람도

내용이 재밌었는지 다음 편을 독촉했다.
'독자의 요청이라면 기꺼이'라는 생각으로
신나게 썼던 기억이 있다.
그리고 그로 인해 학교에서도 친구가 생기기 시작했다.
god 팬은 어디에나 있기에.

"쟤도 god팬이래. 계상 마누라!"

자칭 타칭 계상 마누라가 된 내게
god 팬이었던 친구들이 다가왔고,
하나둘 내 독자가 되어갔다.
이름 따라간다고, god는 말 그대로
그 시절 나의 신이나 다름없었다.

가끔 사춘기가 있었냐고 묻는 사람들에게
나는 없었다고 대답한다.
예민하고 흔들릴 수 있었던 그 시절,
나는 휘청거릴지언정 쓰러지진 않았다.
단단하게 나를 붙든 하늘색 풍선 god가 있었으니!
참고로 신기하게도 그 god가 훗날 남편까지 만나게 해줬다.

이 정도 되면 운명 아니야?

여전히 멋있는, 그래서 팬이었던 기억을

지금도 자랑스럽게 만드는 g! o! d! 짱!

혹시 이 글을 읽는 분 중 나와 같은 일을 겪고 있는 사람이 있다면,

부디 당신만의 god를 만날 수 있기를 조심스레 기도해봅니다.

우리의 뜻과 다르게 일어나는 이런 상황들을,

미리 알고 막을 수 있다면 참 좋겠지만, 그럴 수 없으니까.

하지만 나를 사랑하는 일은 우리가 언제든 할 수 있는 거잖아요.

그것이 god 같은 연예인을 사랑하는 일이든,

어른들이 싫어하는 게임을 하는 것이든,

그 무엇이라도 세차게 흔들리는 나를 그 자리에 붙들 수 있다면,

나는 칭찬해주고 싶어. 잘했어요. 잘 버티고 있어요.

그러니 저 또한 그때의 나를 칭찬해봅니다.

god 팬픽, 잘 썼어. 효선아!

인천상륙작전, 흩어지면 죽고 뭉치면 산다

내가 11살 때 일이다.

풀떼기만 먹던 장성의 꼬꼬마 셋이 대도시 인천 한복판에 떨어졌다.

장성의 골목대장이었던 영광은 뒤로 한 채

이곳에서는 생존해야만 했다.

우리 셋이 똘똘 뭉쳐야지만 살아남을 수 있었던 곳이었다.

누가 보면 어디 전쟁통에 떨어졌나 싶겠지만,

장성이라는 작은 시골 마을에서

인천이라는 커다란 도시 한복판에 떨어졌을 때의 심정은 딱 그랬다.

높이 즐비한 건물들을 볼 때는 입을 떡 벌리고 봤던 것 같다.

이 세상에는 이제

방효선, 고은아, 방철용,

우리 셋밖에 남지 않았다.

두둥,

뭔가 블록버스터급 재난 영화의 예고편을 보는 기분이었다니까.

그렇게 높은 건물이 많은 것도, 바쁘게 오가는 사람들을 본 것도

인천이 처음이었으니 당연한 두려움이었다.

당시 엄마는 일과 할머니 병간호로 항상 바빴다.

어린 나이에도 우리 집이 얼마나 힘든 상황이었는지 알았기에,

엄마에게 짐이 되고 싶진 않았다.

그래서 우리는 정말 똘똘 뭉치기 시작했다.

장성에서는 친구들이랑 노느라 항상 철용이를 떼어놓기 바빴는데,

그때는 누가 우리 철용이 티끌 하나라도 건드릴까 봐

매일 날을 세우고 다녔다.

어제의 쫄따구가 오늘의 동지가 된 거다.

우리 기억 속의 인천은 항상 추웠다.

몸도, 마음도 추워서 늘 서로의 몸을 꼭 붙이고 다녀야 할 만큼,

그렇게 해서라도 서로의 온기를 확인하고 싶을 만큼.

그리고 지금, 우리는 다시 몸을 꼭 붙이며 살게 됐다.

유튜브를 갓 시작했을 때의 모습이

인천에서 지냈던 어린 시절과 닮은 것 같다고 말한다면,

은아와 철용이는 어떻게 생각할까.

이 세상에 나 혼자만 남은 것 같아 덜덜 떨던,

인생에서 가장 추웠던 시기,

우리는 그렇게 다시 모였다. 서로에게 어떻게든 온기를 나눠주고자,

곁에 서로가 있다는 걸 확인하고자.

너덜너덜한 마음으로 서로의 곁으로 찾아간 2019년,

역시 우리밖에 없다고 느꼈던 2020년,

그리고 서로가 살아갈 힘을 받았던 2021년.

앞으로의 시간이 더 기대될 수밖에 없는 이유다.

얘들아, 봐. 우리가 똘똘 뭉치니까 결국 다 괜찮아지잖아.

※

꿈? 없어요, 그딴 거!

"효선 씨는 꿈이 뭐예요?"

동생들이 꿈을 찾고 그 꿈을 이뤘을 때
내가 가장 많이 들었던 질문이다.
아니, 어쩌면 그 이전부터, 학창 시절에도, 성인이 되어서도,
나에게는 항상 꿈이 뭐냐는 질문을 던지는 사람들이 있었다.
그럴 때마다 되묻곤 했었다.

"꿈이 꼭, 있어야만 하나요?"

떡잎부터 남달라 일찍 꿈을 이룬 두 사람과 달리
나는 지극히 평범했다. 되고 싶은 게 너무 많았다는 소리다.
어떤 뚜렷한 목표보다는 이것도 하고 싶고, 저것도 하고 싶고,

관심 있는 분야가 무수하게 많았다.

하지만 대부분 관심에서 그쳤지 간절한 목표가 되지는 못했다.

두 사람과 전혀 다른 길을 걷는 나를

누군가는 의아하게 생각할 수도 있다.

그리고 꿈이 곧 '직업'이라고 생각한다면,

어쩌면 난 꿈이 없는 게 맞을지도 모르겠다.

간절한 꿈이 없다는 것은

가끔은 외딴섬에 홀로 있는 기분을 느끼게 했다.

꿈이 뭐냐는 질문에 다들 준비한 듯 답하는 것들이 있으니까.

하지만 나는 한 단어를 만나고 이 외딴섬에서 탈출할 수 있었다.

그 단어가 바로 '자존감'이다.

자존감이라는 단어는 내가 해왔던 고민을 순식간에 해결해줬다.

무엇이 되고 싶다는 간절한 목표는 없어도,

무엇이 되어도 '나답게 잘 살고 싶다'는 목표는 생겼으니까.

어쩌면 꿈이라는 단어를 직업으로만 생각한 건 나일지도 모른다.

방효선이 방효선답게 살아가는 것,

내가 무엇이든 할 수 있다는 믿음을 갖는 것.

그것 또한 무엇보다 원대한 꿈이 될 수 있다는 것을 예전에는 몰랐다.

가령 내 꿈이 '선생님'이라면,

나는 선생님이 되기 위해 어떤 노력을 했는지를 생각할 거다.

얼마나 간절한 마음으로 어떻게 노력하는지,

그 꿈을 이야기하고 다녔겠지.

하지만 내 꿈은 조금 달랐다.

비록 직업으로의 꿈은 없었지만, 내 꿈은 감정에 닿아 있었다.

'나를 사랑하는 마음을 잃지 말자, 그래서 행복하자.'

그래, 이게 내 꿈이다.

참 재미있는 건,

나를 사랑하는 마음을 목표로 가지면

저절로 가족의 행복 또한 나의 꿈이 된다는 것이다.

내가 느끼는 행복 안에 가족의 행복도 포함되기 때문이다.

"그러니 다시 한번 질문해주시겠어요? 꿈이 뭐냐고."

누군가 다시 꿈이 무엇인지 묻는다면, 나는 이렇게 대답할 거다.

"제 꿈은 방효선이 죽을 때까지 방효선을 사랑하는 겁니다."

그러니 혹시 나와 같은 분이 있다면, 이렇게 말하고 싶다.
꿈이 없다는 걸 고민하지 말고 먼저 인정해버리길.
그리고 무엇보다 나를 사랑하길. 그럼 속 편하다.
꿈? 없어요, 그딴 거!

임신 우울증도 무릎 꿇게 만드는 내 동생

삼 남매 중에 장녀, 어릴 때부터 예쁨만 받고 자라온 첫째 딸.

그래서일까, 나는 통 약한 소리를 하지 못했다.

동생들에게 약한 모습을 보이는 건,

뭐랄까 자존심이 상하기도 하고 부끄럽기도 하고.

K-장녀란 그런 것이다. 하지만 그 약빨도 임신 앞에선 떨어졌다.

임신한 뒤 내 기분은 연일 오르락내리락 갈피를 잡지 못했다.

하루는 콧노래를 부를 정도로 기분이 좋았다가,

하루는 바닥을 파고들 정도로 나락으로 갔다가,

당사자인 나조차 감당이 안 되는 기분 변화였다.

누구보다 긍정 파워를 가졌다고 생각했건만

임신으로 널뛰는 호르몬의 변화 앞에서는 속수무책으로 무너졌다.

단 한 번도 약한 소리를 하지 않던 내가

처음으로 은아 앞에서 눈물을 보였던 날이 있다.
아마 만삭 때쯤이었던 것 같다.
그날 은아는 나갈 준비를 하고 있었다.
예쁘게 차려입고 놀러 나갈 준비를 하는
은아의 얼굴은 반짝반짝 빛이 나고 있었다.
'나도 저럴 때가 있었는데',
'나도 예쁘게 꾸미고 친구들하고 놀러 나가고 싶다.'
꾹꾹 눌러 담은 욕망이 흔들흔들 넘쳐나기 시작했다.

　　　"은아야. 잠깐 이리 와볼래?"

은아를 불러 침대에 걸터앉아 이야기를 나눴다.
그렇게 하면 그 반짝이는 기운이
내게도 조금이나마 넘어오진 않을까, 기대하면서.
그날 내가 안타깝긴 안타까웠는지,
평소라면 무시하고 나갈 고은아가 부쩍 얌전했다.
끝내 눈물을 보이며 약해진 나를
묵묵히 바라보고 토닥이며 들어주었다.
그리고… 나갔다!

은아   그때 마음 아팠지. 언니가 이렇게 생겼구나.

            처음 느꼈던 것 같아.

효선   언니 얼굴도 몰라?

은아   아니. 그렇게 가까이에서

            하나하나 자세하게 본 적이 없었던 것 같아.

            우리 언니, 우는 모습이 이렇구나.

            측은하고 안타깝고 그랬지.

효선   근데 나가서 놀았냐?

은아   놀건 놀아야지.

그렇지. 놀 사람은 놀아야지… 그건 맞긴 한데, 그래도 나쁜 기집애!
그렇게 한참을 속상한 마음을 토로하고 우울한 기분을 고백했는데,
한참 뒤 고은아가 한 말이 뭔 줄 아시나.

    "알았어. 언니, 근데 나 일단 나갔다 올게! 잘 추스르고 있어 봐."

나를 대충 달래고, 돌아서며 친구들에게 전화하더라.

    "어. 나 이제 가. 일이 좀 생겨서. 금방 갈게."

우울한 나를 위해

동생들이 마련해준 즐거운 파티.

내 친구처럼 꾸며준 여장 철용, 고마워!

어찌나 기가 막히고 어이가 없었던지,

우울했던 마음이 순식간에 사라졌었다.

아니 뭐 저런 게 다 있어!

언니가 이렇게 힘들어하는데 너무한 거 아냐?!

그렇게 서운한 마음에 씩씩거렸더니,

어느새 나는 다시 파이팅 넘치는 방효선으로 돌아와 있었다.

그러니 결국 은아가 힘을 주긴 준 거다.

파이트 뜰 힘. 결국 우울함을 이겨내는 계기가 됐긴 한데…

이걸 고마워해야해. 말아야 돼?

"고마워해야지~! 나 때문에 우울감 사라지고 그 뒤부터 열심히
놀았잖아~!"

아휴 정말. 고은아는 못 말려.

인생이 회어야 한 : 첫오

5천 원과 맞바꾼 사춘기

중학생 때, 나는 아빠랑 할머니랑 셋이 살았다.
큰누나는 기숙사로, 작은누나는 엄마랑 서울로,
그렇게 나만이 장성에 남았다.
누나들이 모두 떠나면 내 세상이 될 줄 알았는데,
자유롭고 좋기만 할 줄 알았는데, 그렇지 않았다.
아… 자유는 억압이 있어야 만끽할 수 있는 거구나.
덩그러니 혼자 남은 세상은 무척이나 쓸쓸했다.
그렇게 외로움과 고독을 동반한 질풍노도의 시기,
사춘기가 나를 찾아왔다.

"아빠가 뭘 알아! 세상은 내게 왜 이렇게 가혹한 걸까,
난 혼자야."

이불 킥! 킥! 킥! 할 만한 생각들, 누구나 한번쯤 해봤을 대사들.

어쩜 다들 그렇게 '복붙'인지 모르겠다.

그렇게 지독한 사춘기에 시달리던 시기,

학교에서 소풍을 가는 날이었다.

옆집 일녕이가 학교에 가자며 집으로 찾아왔다.

"철용아. 소풍 가서 놀아야지. 나 2만 원 받아왔다~!"

그러니 나도 용돈을 받아야지. 아빠한테 당당히 요구했다.

"나도 돈 줘."

그런데 내게 돌아온 건,

냉장고에서 꺼낸 토마토와 할머니가 싸준 단출한 도시락.

소풍 가는 질풍노도의 방철용은 분노했다.

떼를 쓰자, 아버지는 주머니 깊숙한 곳에서 5천 원을 꺼내

말없이 내 손에 쥐여줬다.

일녕이는 2만 원인데, 나는 5천 원이라니.

얼마나 야속했는지 모른다.

결국 소풍 가는 길, 엄마에게 전화해 설움을 토해냈다.

아빠를 향한 내 원망을 묵묵히 듣던 엄마는
조심스레 이야기를 꺼냈다.

"철용아. 그거, 지금 아빠가 가진 전부야.
그걸 널 주면 아빠는 한동안 힘들 텐데⋯."

그래, 우리 집은 가난했다.

5천 원을 나에게 주면 아빠는 몇 날 며칠을 고생해야 할 정도로.

방철용 이 자식~ 왜 이렇게 철이 없었어.

다시 생각해도 참 부끄럽지만, 그때는 몰랐다.

눈물을 흘리며 엄마에게 전화했던 나는 다시 울음을 터뜨렸다.

아빠에게 미안해서, 내 손에 꼭 쥐여주던 5천 원이 너무 무거워서.

엄마의 그 말을 듣고, 내 사춘기는 순식간에 끝이 났다.

누나들이 없어 우울했던 나날도 사라졌다.

아빠가 준 5천 원은

그 어떤 것과도 바꿀 수 없을 만큼 커다란 사랑이었다.

그때부터 고은아를 따라 방철용도 '인(in) 서울'을 꿈꿨다.

성공해야지, 성공해서 나도 아빠한테 더 많은 걸 드려야지.

남몰래 결심했던 날이었다.

미르를 탄생시킨 치느님

은아누나가 서울에서 일을 하고 올 때마다 사왔던 음식이 있다.

전국민이 사랑하고 나 방철용도 사랑하는, 위대한 그 이름!

바로 '치느님', 치킨!

그런데 그냥 치킨이 아니었다.

치킨은커녕 삼계탕, 백숙만 먹던 방철용에게 누나가 사다준 치킨은

인생을 뒤바꾼 혁명과 같았다.

빨간색 포장지, 그 안에 담긴 노릇노릇한 튀김옷을 입은 치킨.

이름하야 K! F! C! 치킨 되시겠다.

철용   이게 치킨이라고?

은아   어. 치킨이야.

철용   진짜 치킨이야?

은아   어! 그렇다니까!

처음 먹었을 때의 맛은 잊지 못한다.

서울에서 장성까지 오는 동안 다 식어 빠져

눅눅해졌는데도 정말 맛있었다.

내 인생 최고의 치킨이 뭐였냐고 묻는다면

두말할 것 없이 고은아가 사다줬던 KFC치킨을 외칠 거다.

니가 바로 서울 치킨이구나! 내가 드디어 서울 치킨을 먹는구나!

이것이 바로 속세의 맛인가.

아직도 처음 먹은 그 치킨 맛을 잊을 수가 없다.

처음 먹어서 그랬던 걸까. 그때는 이유를 몰랐다.

그날 이후, 나는 은아 누나가 서울을 갔다 오는 날이면

하염없이 누나가 오기만을 기다렸다.

정확히는 누나가 사오는 치킨을.

그런 나를 알고 누나는 항상 치킨을 사왔다.

서울에서 장성까지 오랜 시간이 걸리는데도,

잊지 않고 사서 품에 꼭 안고 가져왔다.

다 식은 치킨인데도 얼마나 맛있었는지.

그리고 그 치킨으로 인해 방철용의 막연한 꿈에는 살이 붙기 시작했다.

서울로 가리라, 이 치킨을 내 돈으로 직접 사먹으리라!

방철용의 꿈에는 나름 치느님도 지분이 있다는 이야기다.

하지만 나이가 들고 뒤늦게 그 치킨이 왜 맛있는지를 알았다.
어린 나이에 혼자서 하루에 장성과 서울을 왕복하던 누나,
고된 일을 마치고 돌아오는 길에 나를 위해 치킨을 사고,

그 치킨이 조금이라도 식지 않았으면 하는 마음에
내내 품고 왔던 그 시간들.
코를 찌르는 치킨 냄새에 저도 배고프면서
끝까지 단 한 번도 꺼내먹지 않았다.
내가 좋아하는 모습을 보려고.
물론 치킨 주면서 의기양양하고 싶은 것도 있고.

"야! 누나가 사주는 거다? 어?
나 없었으면 넌 먹지도 못해!"

요즘에는 누나가 내게 고맙다고 한다.
유튜브를 하면서 자신의 인생이 바뀐 것 같다고,
내 덕분에 지금 행복하게 사는 것 같다고.
애초에 누나 덕분에 유튜브가 잘된 건데 뭔 소린가 싶지만,
어쨌든 누나, 그 치킨값 지금 갚고 있는 거다!

쟤 누구야? 고은아 남동생?

언젠가 은아 누나가 있는 서울로 놀러 갔을 때 일이다.

약수리에서 벗어나 서울을 가는 방학은

내가 손꼽아 기다리는 날이었다.

가수의 꿈을 제대로 꾼 것도 그쯤이었다.

god 형님들의 엄청난 팬이기도 했고,

텔레비전에서 나오는 연예인들이 그렇게 멋있어 보일 수가 없었다.

은아   코엑스 놀러 가자! 철용이 너 아쿠아리움 안 가봤지?

철용   아쿠아리움? 그게 뭐야?

은아   아쿠아리움을 몰라! 이런 시골 촌놈!

그렇게 시골 촌놈의 아쿠아리움 나들이가 시작됐다.

어찌나 넓고 볼 게 많은지 정신없이 봤던 기억밖에 없다.

마땅히 입을 옷도 없어 은아 누나 옷을 빌려 입었다.
시골 촌놈에게는 아쿠아리움 나들이가 반 소풍보다 대단했으니
당연히 멋있게 꾸며야 하잖아?
누나 둘이 들러붙어 이리 광내고 저리 광냈으니
그 어느 때보다 내가 빛났음은 물론이다.

에스컬레이터를 타고 수족관에 입장해
커다란 모습에 감탄하는 것까지
효선 누나가 열심히 사진을 찍었다.
'약수리 가서 자랑해야지'라는 생각으로 이리저리 포즈를 취했는데
그 사진이 약수리가 아닌 고은아 싸이월드에 먼저 올라갔다.
내가 기대했던 건 반 아이들의 부러움 섞인 목소리였을 뿐인데,

이건 자랑 수준이 아니었다.

화제가 되다 못해, 연예프로그램이 내 이야기로 도배가 됐다.

고은아 애인 같다, 너무 잘 생겼다. 그래서 쟤가 누구라고?

가만 보면 은아 누나가 연예인이 된 것도 효선 누나의 작품이었는데,

나 또한 마찬가지였다.

효선 누나가 열심히 찍은 사진을 아무 생각 없이 올린 게 다였는데,

그 몇 장의 사진이 지금의 미르를 만들었으니!

효선 누나, 지금이라도 제작자 해볼래?

안녕하세요, 엠블랙 미르입니다

엠블랙이 데뷔했다. 그야말로 신데렐라의 재림이었다.
장성에서 살던 촌뜨기 방철용이 서울에 입성해 엠블랙이 되다니!
유리구두를 신고 무도회장을 휩쓸고 다니는 신데렐라나 다름없었다.

팀명 'MBLAQ'!
Music Boys Live in Absolute Quality!
('절대적인 자질의 노래를 부르는 소년들'이라는 뜻이다.)
당시에는 무슨 뜻인지 잘 몰랐지만
어쨌든 멋있게 들리는 이름이었다.
거기다 한국의 저스틴 팀버레이크,
시대의 아이콘, 가수 비가 프로듀싱한 그룹이었으니,
엠블랙이 얼마나 화제였는지는 말도 못 한다.
데뷔 전부터 엄청난 관심을 받았다.

인기도 정말 많았다. 내가 엠블랙이라서 하는 소리가 아니다.

그렇게 고공행진을 하다가

싱글 2집 앨범의 'Y'로 엠카에서 첫 1위를 하던 날,

나는 예감했다. 아, 나는 이제 H.O.T.가 되겠구나. god가 되겠구나.

꿈은 크게 가질수록 좋잖아!

그렇게 꿈을 키웠던 날들이었다. 내가 꿈꾸던 것이 눈앞에 있었다.

조금만 손을 뻗으면 닿을 것 같은 자리에.

이렇게 바쁘다고? 프로의 세계

그런데 국민 그룹 되는 게 참 쉬운 일이 아니더라고.

도통 잠을 잘 수가 없었다. 스트레스로? 아니 스케줄로!

엠블랙이 인기가 많았다는 건 나도 안다.

알지. 알긴 아는데, 그 인기를 누리거나 만끽할 시간은 없었다.

엠블랙으로 데뷔하고 내리 몇 년 동안

퇴근이라는 개념조차 없었으니까.

늦은 밤, 매일같이 매니저 형은 숙소 앞에 차를 세워두고 묻곤 했다.

　　"너네 씻을래? 잘래?"

스케줄과 스케줄 사이, 아주 짧은 시간 동안

우리는 무엇을 할지 선택해야만 했다.

천둥이 형이나 지오 형은 보통 씻으러 갔고

나는 카니발에 남아 쪽잠을 잤다.

차에서 내려 숙소까지 걸어 올라가는 시간조차 아까웠다.

씻기로 한 멤버들이 조금 더 오래 씻기를 얼마나 간절히 바랐는지!

아직도 그 차 안의 냄새까지 생생하게 기억한다.

순간의 욕망을 측정할 수 있다면,

"1위하게 해주세요"라고 빌 때보다 더 간절했을지도 모르겠다.

그렇게 멤버들이 씻고 나오면 바로 다음 스케줄을 갔다.

그렇게 3년,

3년을 살았다.

거의 매일 쪽잠을 잤고,

인터뷰를 하다 보면 누군가 한두 명은 늘 졸고 있었다.

대부분의 식사는 햄버거 아니면 김치볶음밥이었고,

메이크업을 일주일 만에 지운 적도 있었다.

물론 아찔한 순간도 있었다.

한번은 부산에서 서울 오는 차 안에서 운전을 하는 매니저 형에게

"형, 안 졸려요? 피곤하죠?"라고 물어본 적이 있었다.

형이 했던 말이 아직도 오싹하다.

   "괜찮아. … 몇 번 잤어."

우리도, 매니저 형들도 모두 힘들었던 기간이었다.

자다가 눈을 뜨면 공항이었고, 다시 눈을 뜨면 다른 나라였고,

다시 눈을 뜨면 또 공항이었고, 방송국이었고,

숙소 앞이었고, 미용실이었다.

내가 생각했던 꿈은 'dream'이었는데,

그때의 난 항상 'sleep' 속에서 찾아 헤맨 것 같다.

참 미안한 건, 이때의 가족들에 대한 기억이 잘 없다.

가족들과 어떤 이야기를 했고, 어떻게 만났는지도 기억이 없다.

미르에게는 전성기였으나,

방철용의 인생에서는 누군가 잘 보던 텔레비전을 말없이 끈 것처럼

까맣게 남아 있다.

정신없이 살았던 그때를 생각하면,

새벽의 차 냄새, 정신없이 먹던 햄버거 냄새가 떠오른다.

꿈의 냄새는 치킨을 닮았었는데,

성공의 냄새는 햄버거에 가까웠다.

✳
응답하라 약수리

그렇게 하루하루를 가열 차게 달리다, 2년 차쯤 한계에 다다랐다.
두 누나에게 단련이 돼서,
웬만한 힘든 일은 다 넘겼던 내가 처음으로 힘들어서 울었다.
도망치고 싶었다.
바쁘게 돌아가는 하루가, 정신없이 진행되는 스케줄에 숨이 막혔다.
결국 보다 못한 멤버들이 나섰다.

　　"이러다 철용이 죽겠어요. 얘 휴가 좀 주세요."

그렇게 얻게 된 5일간의 휴가. 내가 도망친 곳은 장성이었다.
10대의 방철용이 그렇게나 도망치고 싶어 했던 갑갑했던 장성.
별것 하지도 않았다. 아침, 점심, 저녁 아빠와 밥을 먹고,
산을 바라보고, 집 주변을 걸었다.

누구보다 화려한 삶을 사는 엠블랙의 미르가 됐는데도,

죽고 싶을 정도로 힘든 순간에 도망치고 싶었던 곳은 장성이었다.

내가 숨을 쉴 수 있는 곳, 힘을 얻을 수 있는 곳,

결국 돌아가고 싶은 곳.

장성의 기운이 남달랐던 건지,

한계를 모르고 치솟던 우울감은 씻은 듯이 사라졌다.

그 이후로는 나름 짬밥이 생겨, 여유도 부리고 재미도 느끼고.

요즘도 힘들 때면, 장성을 찾는다.

내 마음의 고향, 언젠가는 꼭 다시 돌아가고 싶은 곳.

귀촌하고 싶어지면 나이 든 거라는데…

난 그저 고향으로 돌아가고 싶은 것뿐이라고!

중평마을

CHUL DRAGON

아직도 생각하면 부끄러운 기억이 하나 있다.

돈을 벌어도 그 돈으로 할 수 있는 게 없었다.

시간도 부족했고, 친구도 없었고,

무엇보다 장성에서의 쉼을 더 좋아하던 나에겐

고가의 명품이나 비싼 차는 흥미의 대상이 되지 못했다.

애초에 명품도 알지 못하고. 그건 지금도 마찬가지다.

그러던 내가 그날은 무슨 바람이 들어서였는지,

처음으로 명품을 샀다.

주변 친구들이 적어도 하나쯤은 갖고 있던 명품,

나도 열심히 일한 나에게 그럴싸한 선물을 해주고 싶었다.

방철용의 첫 도전이었다.

예쁘다고 생각했던 명품 잠바를 하나 샀다.

사니까 좋더라고.

삭막한 사막에서 오아시스를 발견한 사람처럼,

아 이것이 물질의 맛인가! 이래서 명품, 명품 하는 건가!

처음으로 명품을 사는 친구들의 마음이 이해되는 순간이었다.

그 기쁨을 충분히 누렸다면, 명품을 사랑하는 방철용이 됐으려나.

하지만 오래 가지 않아 그 기쁨은 산산조각나버렸으니

맞은편에서 내 우상이 걸어오고 있었다.

나와 같은 브랜드의 점퍼를 입고….

그런데 점퍼뿐만이 아니었다.

내가 샀던 브랜드의 옷을 머리 끝부터 발끝까지 착용하고 있었다.

빅뱅이었다.

'돌아보지 말고 떠나가라 또 나를 찾지 말고 살아가라.'

(빅뱅의 〈하루하루〉)

돌아보지 말고 빠르게 그 자리를 피했어야 했는데…

눈을 뗄 수가 없었다. 너무 멋있었다.

같은 브랜드의 옷인데 왜 이렇게 다른 거야.

내가 입을 때는 그런 느낌이 안 났던 것 같은데,

지드래곤이 입으니까 그곳이 바로 밀라노의 런웨이로 바뀌더라고…
지드래곤의 멋짐을 누가 따라잡을 수 있겠어.

왠지 모를 쑥스러움에 빠르게 점퍼를 벗었다.
그들과 달리, 나는 내 옷이 아닌
다른 사람의 옷을 입고 있는 기분이었다.
물론 그건 정답이었다.
고은아가 드레스보다 잠옷을 편하게 여기는 것처럼,
나 또한 명품 점퍼보다 편하게 걸칠 수 있는 옷이 더 좋다.
롤렉스보다 카시오가 좋고,
도심 한복판의 브랜드 아파트보다 경치 좋은 장성의 아버지 집이 더 좋다.
(물론 그런 집이 있으면 또 좋아하겠지만….)

어차피 관심이 없던 분야의 것이었으니 당연한 결과겠지만,
가끔 그때를 떠올리며 아련하게 추억에 젖곤 한다.
그와 같은 브랜드만 아니었다면
나는 지금 명품을 좋아하고 있을까… (아련)
그래도 지드래곤 짱! 생각해보니 나도 철드래곤이다. 지용, 철용….

✳

그래서 화양연화가 언제라고?

어찌 힘든 순간만 있었으랴, 좋은 순간도 정말 많았다.

잊히지 않는 팬들도 있다.

가장 큰 추억은 역시나 월드투어 때다.

국내 콘서트는 2년 반 차에 시작했고,

3년 차에 아시아투어를, 4년 차에 월드투어를 떠났다.

국내 활동과 투어가 반복되던 시절, 미르는 무대 위에서 살았다.

해외 여러 곳을 돌아다니며 팬들을 만났다.

모든 것이 지나가고도 계속 미르이고 싶었던 이유는

전부 팬들 때문이었다.

나를 보며 환호하고 좋아해주던 사람들,

별것도 아닌 방철용을

세상에서 제일 대단한 사람으로 만들어주던 팬들,

그분들이 아니라면

내가 장성을 떠나 세계 곳곳을 돌아다닐 수 있었겠어?

인생에서 가장 고마운 사람을 꼽으라면

주저 없이 팬들을 꼽고 싶다.

무대 위의 미르를,

그리고 무대 아래의 방철용을 좋아해주셔서 감사했습니다.

화양연화, 인생에서 가장 아름답고 행복한 시간

모두에게 인생의 화양연화가 있다고 하니까,

방철용의 화양연화는 미르로 살던 그때라고
자신 있게 말할 수 있다.
내가 그러하듯, 엠블랙을 좋아했던 팬 분들에게도
그때의 추억이 행복한 시간으로 남았기를.
아, 그때 팬분들이 주신 증명사진들은
아직도 곱게 간직하고 있다.
학창시절 과거 사진이라 이제는 다들 후회하시는 것 같지만,
버릴 수는 없다! 나한테는 가장 큰 보물이라고!

오늘도 평화로운 방가네입니다

2부

1   누나, 내 유튜브에 나와 볼래? : 천오

나 지금 추락하니?

추락하는 것에는 날개가 없다.
그 문장이 이토록 가슴에 와닿을 날이 올 줄이야.
전 세계를 누리던 엠블랙 미르는 더 이상 없었다.
방구석 벽지만 세는 방철용만 남았다.

'Give me to my Y Listen to my Y!'(엠블랙의 <Y>)

노래 가사대로 간다고,
누군가 내게 이 내리막길의 이유를 미리 알려줬더라면
조금 더 버티기가 쉬웠을까?
Y? 와이? 왜 우리는 내려가는 거죠?
하지만 알았다고 한들 달라질 것은 없었을 거다.
버티기 쉬웠을 거라고? 대답은 NO다!

선배님들의 숱한 예고편을 보며 마음을 단련했다고 생각했지만
내 일이 되니 달랐다.
가시려거든 나를 즈려밟고 가시옵소서~
울부짖기도 전에 엠블랙의 미르는 어느새 나를 짓밟고 떠나갔다.
그걸 받아들이기까지는 꽤 오랜 시간이 걸렸다.
자의로 받아들인 것도 아니다. 받아들일 수밖에 없었다.
돈, 돈이 없었으니까.

엠블랙 중에서 가장 먼저 현실을 받아들인 것은 지오형이였다.
힘들어하던 내게 형은 항상 같은 조언을 했다.

  "미르야, 시선을 다각도로 돌려봐."

나는 H.O.T.가 될 줄 알았다니까요, god가 될 줄 알았죠.
그래서 백 번을 들어도 백 한 번을 시선을 돌리지 못했다.
아무리 그래도 나 방미르인데, 엠블랙인데!
지금 생각하면 조금 부끄러운 일이다.
별것 아니라고 생각하면서도 내게는 가장 커다란 영광이었고,
내 자아나 다름 없었으니, 다른 곳으로 눈을 돌리는 것도,
방미르를 내려놓는 것도 쉽지 않았다.

우울감에 가득 차, 하루하루를 허송세월로 보냈던
그때의 방미르에게 말하고 싶다. 주변을 좀 둘러봐.
손에 쥐고 있는 걸 얼른 내려놔, 내려놔야 다음이 와.
그때 지오형의 조언을 듣지 않고, 고집을 부렸다면…
그 만약을 생각할 때마다 나는 여전히 아찔하다.
물론 내려놓자마자 잘되진 않았지.
매일이 실패의 연속이었지만,
그 시간을 버티고 견뎌 지금의 방가네를 만났다.
무엇이든 비워야 다시 채울 수 있다는 걸, 이제는 안다.

도전의 이유

연예인이 1인 미디어를 한다?

지금은 누구나 하는 콘텐츠가 됐지만, 당시에는 인식이 조금 달랐다.

얼굴 없는 가수, 신비주의 컨셉이 여전히 인기 많던 시기였으니,

있는 그대로의 일상을 드러내는 콘텐츠는

독이 든 성배나 다름없었다.

잘되어도 욕먹고, 망하면 더 욕먹고.

"연예인이 그렇게까지 하면 좀 그렇잖아?"

라는 말이 자연스레 따라오는 분위기였다.

그렇기에 내려놓기까지 참 오랜 시간이 걸렸다.

하기로 마음먹어도 끝까지 고민될 수밖에 없는 문제였다.

하지만 단 하나의 이유로 나는 마음을 다잡았다.

어찌 보면 별 게 아닌 당연한 이유다.

돈, 돈이 없었다.

돈은 항상 없었는데 뭐가 문제냐 하면, 그 돈이 쓰이는 곳이었다.

돈이 필요한 이유는 엄마의 치아 치료 때문이었으니까.

은아   그거 다 닭강정 때문이야~!

효선   철용이 돈으로 닭강정을 하도 사드셔서 돈도 없고, 이도
        상하고.

이가 안 좋아 매일 밤 끙끙대며 잠드는 엄마 모습을 볼 때마다

마음이 아팠다.

임플란트를 해야 할 시기를 놓쳐 식사도 제대로 하지 못했다.

그런데도 돈이 없어 치료를 못 해드린다는 자괴감,

못난 현실이 매일 나를 찾아왔다.

임플란트 비용 하나 드리지 못하다니,

그 돈을 아껴야 해서 치료를 미루는 모습을 그냥 두고 봐야 한다니.

곧 죽어도 잘나가는 연예인이 되고 싶었던 방미르는

그때부터 변하기 시작했다.

지금은 치아 하나지만,

이대로라면 언젠가 찾아올 더 큰 위기 앞에서

나는 아무것도 해줄 수 없을 게 분명했다.

가만히 있으면 안 되겠구나, 뭐라도 해서 돈을 벌어야겠구나.

그때부터 유튜브를 공부하기 시작했다.

알고리즘을 연구하고 어떻게 해야 사람들이 내 컨텐츠를 볼까,

고민하는 나날이 계속됐다.

무대를 바꾸는 것뿐이라고 생각했다.

카메라 앞에 서는 것이 업이었던 내가,

가장 잘할 수 있는 건 그것밖에 없었다.

결국 카메라 앞이었다.

500을 3으로 만드는 기적?

오랜 시간 고민한 만큼, 첫 시작은 나름 야심찼다.

친구들과의 캐나다 여행기를

브이로그 형식으로 찍어 올린다는 계획이었다.

하지만 계획만 야무졌지,

구성을 어떻게 해야할지 몰랐던 나는 주구장창 영상만 찍어왔다.

그 개수는 무려 500개.

아직도 그때 생각을 하면 편집자님에게 미안해지곤 한다.

> "영상 찍어왔으니 보낼게요. 편집 부탁드려요.
>
> 여기서 3개 만들어주세요."

이렇게 말하고 보낸 영상이 500개라는 거다.

500개 영상을 보내고 그걸 3편으로 만들어달라니!

그걸 보고 편집자님은 어떤 생각이 드셨을까…

궁금하지만 들을 수는 없다.

왜냐하면, 도망가셨으니까.

물론 충분히 도망가실 만하다는 생각이 든다.

> 은아   저는 도망갈 만하다고 생각합니다.
>
> 철용   맞아요. 그러니 혹시나 이 책을 읽으신다면 돌아오세요.
> 이제 잘해드릴 수 있어요~!!

500편을 3편으로 만드는 기적은 그 누구도 해낼 수 없다.

그건 이제 모두가 아는 사실이 됐지만, 그때의 방철용은 몰랐다.

지금 생각해도 참 부끄럽네….

당시 유튜브를 찍기 위해 사용한 돈은 1600만 원. 전부 빚이었다.

그렇게 빚을 내고 영상을 찍었는데,

내가 번 돈은 고작 6만 원이었다.

500편을 3편으로 만들 수는 없지만,

1600만 원을 6만 원으로 만드는 건 순식간이었다.

사람을 찾습니다

편집자

추정 나이 : 모름
키 : 전혀 모름

바람처럼
사라짐.

사건개요 영상 500개 받고
아프리카 원주민에게
편집 배우러 간단 말과 함께
바람과 함께 사라짐.

연락처 유튜브 방가네 앞

돌아오면 잘해줄게요

힘내라는 말 대신

마음의 준비를 했는데도, 현실의 준비는 쉽지 않았다.
매일매일 하루가 지날수록 실패가 계속되고 빚이 쌓여가니,
긴 터널 속에 갇힌 기분이었다.
끝이 보이지 않는다는 것이, 빛 하나 들어올 틈이 없다는 것이
어찌나 힘겨운지.
지오 형이 유튜브를 비롯해 여러 콘텐츠 플랫폼을 알려줬는데도
들리지 않았다. 힘드니까 아무 생각이 안 나더라고.
그때 주변에서 다들 비슷한 이야기를 했다.

"힘내. 기운 내야지. 괜찮아질 거야."

나도 알지, 힘내야 하는 걸, 기운 내야 하는 걸,
누구보다 내가 제일 잘 알았다.

누구보다 내가 가장 힘을 내고 싶었다.

괜찮아지고 싶었다. 괜찮고 싶었다.

그런데 되지 않았다.

결국 다른 사람들과 똑같은 말을 해주던 누나들에게

나는 심정을 토로할 수밖에 없었다.

"누나. 지금 나한테는 힘내라는 말이 폭력이야."

힘을 낼 수 없는데, 기운이 나지 않는데,

모두가 내게 그걸 강요하는 기분이었다.

그 말을 들을 때마다 힘내지 못하는 나를 원망하기도 했다.

다른 사람의 말이 나를 때리고, 내가 나를 때리고

그렇게 자책하는 순간이 길어질수록

힘든 시간은 도돌이표처럼 이어졌다.

물론 누나들이 어떤 마음으로 그런 말을 했는지는 충분히 이해한다.

너무 힘들어하는 나에게 딱히 해줄 수 있는 말이 없으니까.

어떻게든 도움이 되고 싶은데,

할 수 있는 게 힘내라는 말밖에 없다는 현실에,

누나들 또한 미안해했다는 걸 너무 잘 알고 있다.

하지만 그때의 나는 힘내라는 말보다는

힘내지 말라는 위로가 필요했다.

힘은 내가 충분히 내기 위해 애쓰고 있으니까,

그런 나를 기다려주기를 바랐던 것 같다. 힘내라는 말 대신,

"힘내고 있는 거 알아. 너무 애쓰지 마"라고 해주길 바랐다.

그저 나를 가만히 내버려두길 바랐다.

근데 이제 와 생각해보니까,

힘내라는 말을 해도, 하지 않았어도

난 똑같이 누나들한테 뭐라고 했을지도 모르겠다.

누나, 나 힘들어. 나 너무 힘든데, 어떡하지.

결국 내가 하고 싶은 말은 그런 나를 받아달라는 뜻이었으니까.

힘들어하는 나를 알아주고 이해해줘.

물론 누나들은 그렇게 해줬다.

그 뒤로 다시는 내게 힘내라는 말을 하지 않았다.

그저 내 옆에 말없이 묵묵하게 있어 줬을 뿐.

물론 심부름시킬 건 다 시키면서!

'나'를 위한 돈 쓰기

첫 영상을 올리고 반응이 오기까지, 5개월이 걸렸다.

버는 것 없이 빚을 지면서 살다가 결심했다.

'내가 할 수 있는 걸 해야겠다.'

그게 연예인 썰이었다. 물론 이거다! 하고 결정한 건 아니다.

'이것 밖에 없다'는 생각으로 시작했다고 보는 것이 맞다.

방송국에서 보고 듣고 배웠던 것이 내 20대의 전부였으니,

할 수 있는 건 그것밖에 없었다.

엠블랙을 내려놔야지만 살 수 있었다.

돈이 없다는 건 그런 거니까.

이 자리를 빌려 한예슬님에게 감사 인사를 드리고 싶다.

뜬금없이 한예슬님이 왜 나오나 싶겠지만,

한예슬 님을 시작으로 전에 올렸던 연예인 썰들까지
줄줄이 조회수가 올라가기 시작했으니까.
최초의 수익이었다. 보면서도 믿기지가 않았다.

그때 번 돈을 잘 저축해서 다음을 준비했어야 했는데,
당장 쓸 곳이 있었다.
먼저 유튜브를 시작하게 한 결정적인 이유,
엄마의 임플란트가 시급했고 그다음은 '나'였다.
너무 오랜 시간 나를 위해 돈을 써본 적이 없어서,
처음으로 내 마음대로 써보기 시작했다.
엠블랙 때는 너무 바빠 돈을 쓸 수가 없었고,
(그마저도 용돈을 받아 썼다.)
엠블랙 이후에는 돈이 없어서 못썼다.
그나마 있는 돈도, 줄어드는 잔고를 보며 아껴 써야 했으니까.
내일을 그리고 미래를 걱정하는 시간들 앞에서는
허투루 돈도 쓸 수 없었다.
그래서 돈에 대한 억눌린 욕망이 있었던 것 같다.

처음으로 수익이 나자, 하고 싶은 걸 마음껏 했다. '나'를 위해.
근데 '나'를 위한 돈쓰기는 별 게 없었다.

먹고 싶은 음식이 있을 때, 고민하지 않고 사먹기.

갖고 싶은 게 있을 때 미루지 않고 사기.

사실 그조차 그리 비싼 값은 아니었다.

하지만 그 사소한 소비가 나를 살게 만들었다.

그런 걸 요즘에는 '시발 비용'이라고 부르던데,

그땐 그게 뭔지도 몰랐다.

숨통이 트인다는 말이 이런 거구나 새삼스럽게 느꼈을 뿐이지.

내가 번 돈으로 나를 위해 쓰는 건, 정말 중요했다.

그때의 미르방은 내 산소호흡기와 같았다.

155

*

인생의 롤모델

유튜브를 하면서 고마운 사람을 꼽으라면,
우리 가족과 방아지들, 구름이와 하늘이 등
정말 많은 이가 떠오른다.
하지만 첫 번째는 역시 지오 형이다.
고민만 하면서 차일피일 미루던 내 등을 밀어준 것도,
주저하는 내게 용기를 준 것도,
앞으로를 생각하라고 현실을 깨닫게 해준 것도,
그리고 정체기가 부딪혀 고민할 때조차
내 이야기를 들어주고 조언을 해준 건 지오 형이었다.

    "네 것을 찾아봐."

연예인 썰을 풀며 고민에 빠진 내게

지오 형은 진심 어린 조언을 해주었다.

은아누나의 출연도 지오 형이 해준 조언의 연장선이었다.

"하고 싶은 말을 마음껏 하게 해봐.

분명 할 이야기가 있을 거야."

그렇게 시작된 고은아의 이야기에

역시나 많은 분이 관심을 가져줬다.

어찌 궁금하지 않으랴.

악플의 여왕이자 화제의 중심이었고,

무엇을 하든 사건 사고가 된 주인공이었으니까.

지오 형의 그 말 덕분에 잘될수록 고민했다.

내 것이 뭘까, 우리 것이 뭘까.

방가네의 시작도 그 고민에서 출발했다.

'미르방'에서 '방가네'로 이름을 바꾼 것도 지오형의 영향이 컸다.

"지금에 안주하지 마. 멀리 봐."

내 것, 우리의 것, '방가네'로 이름을 바꾸자 구독자는 더 늘었다.

내가 안주하려고 할 때마다,

고민에 가로막혀 현재에 만족하려고 할 때마다
지오 형이 채찍질을 해준다.
이성적이고 현실적인 조언을 해주는 사람이 인생에 있다는 건,
참 고마운 일이다.

요즘은 나도 누군가에게 그런 사람이 되고 싶어,
내게 유튜브에 관한 조언을 구하는 분들에게 열심히 이야기하는데,
나처럼 그 조언을 따르는 사람은 없더라고….
지오 형 또한 조언을 귀담아듣고 실천하는 사람은
내가 유일하다고 했다.
대부분 조언을 구해도 결국 자신이 하고 싶은 대로 한다.
나는 그러지 않았다.
냉정하게 내가 하고 싶은 것과 상대의 조언을 비교하고,
더 옳은 쪽을 따랐다.

어쩌면 이 또한 누나들 영향이 아닐까 싶다.
말 잘 듣는 방철용, 어디 안 가지… 크흑.
귀찮고 지겨울 때가 있을지언정, 누나들 말은 틀린 적이 없었다.
그 모든 것이 나에 대한 애정을 기반으로 하는 조언인 걸 알기에,
누나들 의견을 되도록 따랐고, 그것은 거의 정답에 가까웠다.

지오 형도 마찬가지였다.

정말 방철용이 잘되길 바라서 하는 조언들이 틀릴 리가 없었다.

물론 사업가적인 눈도 어마무시하고!

그래서 내 롤모델은 지오 형이다.

배우 고은아 말고, 인간 방효진

방가네의 처음은 우연이었다. 계획한 것도, 의도한 것도 아니었다.
평소의 일상이었을 뿐이다.
고은아와 영어 대결을 하고 비빔밥을 가지고 싸우는 모습을
친구가 재밌다고 촬영했다.
그 영상을 보고 확신이 들었다. 이거 되겠는데.
그리고 이 영상이라면
사람들이 진짜 고은아를 알아줄 거라는 믿음이 들었다.

당시 고은아는 복귀를 위해 회사에 소속되어 있던 상황이었다.
하지만 회사 사람들도, 팬들도
고은아의 원래 모습은 잘 몰랐다.
잘할 수 있는 것들이 있는데, 진짜 모습은 훨씬 매력적인데,
그 모든 것이 배우 고은아에 갇혀 나오지 못하고 있었다.

"누나. 원래대로 해. 꾸미려고 하지 말고, 배우 고은아 하지 말고!"

그 뒤로는 고은아의 있는 그대로의 모습을 찍기 시작했다.

작정하고 찍은 줄 알겠지만, 그렇진 않다.

대부분 소장하려고 찍은 영상들이다.

2분, 3분, 일상 속에서의 평범한 모습들이었다.

발가락으로 문어 다리를 먹고,

벌꿀 무늬 잠옷 입고 혼자 이상한 짓을 하고….

그렇게 우리 유튜브에 대한 정체성이 명확해지기 시작했다.

배우 고은아도 물론 좋지만,

그거 하루에 몇 개 먹어?

나는 인간 방효진의 좋은 모습을 훨씬 많이 알고 있다.

그것이 가끔은 '미친 거 아냐?' 싶을 정도로 똘끼 다분하더라도…

너무나 사랑스럽고 천진난만하다는 걸,

그 어디서도 볼 수 없는 신선한 캐릭터라는 걸,

모두에게 알려주고 싶었다.

그리고 그 바람은 점점 큰누나에게로, 엄마 아빠에게로 옮겨졌다.

아이러니하게도 그제야 깨달았다.

평범한 줄 알았는데,

그저 여느 날과 다를바 없는 우리 가족의 하루인데,

그래, 우리는 제법 행복하고 재미나게 살고 있었다.

이런 걸 두고 등잔 밑이 어둡다고 하는 거겠지.

오랫동안 남들과는 다른 나만의 것을, 재미를 찾아다녔는데,

그것은 우리 가족에게 있었다.

파랑새는 결국 집 안에 있었다는 이야기처럼.

2　지금 이대로 행복해 : 음악

✳
방황의 시작

고은아의 전성기라고 불리던 시기, 나는 내 인기를 몰랐다.

아, 내가 인기가 좀 있구나 싶었던 순간은

오직 텔레비전을 볼 때뿐이었다.

1년에 11개 정도의 CF를 찍었는데, TV만 틀면 내가 나왔다.

어디를 돌아다니는 성격도 아니었고,

일만 하느라 나갈 시간도 없었으니 인기를 실감하지 못했다.

그러다 한 행사의 홍보대사로 위촉이 돼 상을 받는 자리가 있었다.

처음으로 인기를 실감하고 동시에 겁이 났던 순간이다.

그곳의 모든 사람이 나를 보고 있었다.

나를 만지고, 붙잡고, 나를 향해 소리를 지르는데

아직도 그 장면을 떠올리면 슬로우모션처럼 느리게 재생된다.

기쁘다는 감정을 먼저 누렸으면 좋았을 텐데,

그렇게까지 많은 사람이 내게 다가온 건 처음이었기에
그때부터 공황장애를 앓기 시작했던 것 같다.

그 뒤로 소속사와의 문제, 우울증 등으로
내 뜻과는 다르게 일을 쉬게 됐다.
현장에서 그토록 열심히 달려왔건만,
지나고 보니 내게는 아무것도 남은 게 없다는 생각이 들었다.
쉬면서 무언가를 하고 싶었지만,
함께할 수 있는 사람도 없었고 무엇을 해야할지도 몰랐다.

결국 슬럼프가 찾아왔다.
막힘없이 돌아가던 고은아의 활동에는 더 오랜 시간 제동이 걸렸다.
물론 그 또한 내가 어떻게 할 수 있는 게 아녔다.
인맥도, 자본도 없는 나는
그저 내 방에서 가만히 그 시간이 지나가길 기다렸다.
5평 월세에서 천천히 넓혀갔던 집이
어느새 30평대 아파트가 되어 있었지만,
내 마음은 여전히 5평보다 작았다.

내가 붙들 수 있는 딸

방가네의 탄생과 현재를 담은 책이니 즐거운 이야기만 하고 싶지만
살다 보면 어쩔 수 없이 거쳐가는 과정이 있다.
예전 같았으면 꼭꼭 숨겼겠지만 지금은 조금 다르다.
그 시간들을 견뎌왔기에 지금의 고은아가 있는 거니까.
잘 버텼다 고은아!

화려한 고은아의 모습 뒤에는
아무도 알지 못하는 이야기들이 웅크리고 있다.
겁이 많고 소심하고 초라한 방효진의 이야기들,
단 한 번도 밖으로 꺼내본 적 없는 민낯 같은 것들.
그런 말 있잖아. 배우 (고) 강수연 선생님이 자주 했다는 말,

　　"우리가 돈이 없지, 가오가 없냐."

고은아도 그랬다. 고은아의 이름으로 돈을 벌던 시절에도,

처절하리만치 돈이 없던 방효진의 순간에도

흔히 말하는 그 '가오'만큼은 지키려고 애썼다.

방기순씨 둘째 딸의 자존심과 자부심은

그 누구에게도 지지 않을 만큼 강해서, 아니 사실은 강한 척해서,

힘든 일은 내색할 수 없었다.

아주 조금만 꺼내본다면, 음…

고은아로 한창 왕성하게 활동하던 시기,

영화제를 줄기차게 다녔던 내 의상은 전부 롱드레스였다.

처음 영화제에 참석했을 때를 제외하고는 전부 다.

롱드레스가 예뻐서만은 아니고, 무서워서.

사람들이 많은 곳을 가면 저절로 몸이 떨렸다.

다리에 힘이 풀리고 눈앞이 어지러웠다.

앞서 말한 공황장애의 증상이었는데 이때도 몰랐다.

단지 그런 모습을 들키고 싶지 않았을 뿐이다.

누군가가 알아차리고

고은아 쟤, 겁먹었더라, 뭔가 이상하더라, 그런 말을 할까 두려웠다.

듣고 싶지도 않았다.

그래서 내가 한 선택은, 테이핑을 하는 것이었다.

높은 구두를 신고 테이프로 발을 칭칭 감았다.

덜덜덜 떨리는 다리 탓에 구두에서 삐끗하지 않도록.

힘이 풀려 주저앉더라도 신발이 벗겨지지 않도록.

그걸 들키지 않기 위해 항상 롱드레스만을 고집했다.

그것만으로 부족해 나중에는 늘 파트너를 대동했다.

얼굴로는 끊임없이 웃고 있지만,

파트너를 지탱한 팔은 하염없이 떨렸다.

지금은 어떠냐고?

　　"언니. 나 슈퍼 가고 싶은데."

고은아보다 방효진으로 사는 삶이 더 많은 지금이지만,

사실 상황은 아직 비슷하다.

아이스크림 하나 혼자 사러 나가지 못해

항상 언니나 철용이에게 부탁을 한다.

지금 나랑 같이 슈퍼 가줄 수 있어?

매니큐어 사고 싶은데 같이 나가줄 수 있어?

참 귀찮을 법도 한데,

나 같으면 그거 하나 혼자 못하냐고 뭐라고 할 것도 같은데.

효선   알았어. 옷 갈아입을 테니 조금만 기다려.
철용   뭐 필요한데? 내가 사다줘?

나는 항상 무언가 지탱할 것이 필요했다.

당장 눈앞의 영화제에서는 파트너의 팔이었지만,

그것은 내게 온전한 팔은 아니었다.

그것이 지팡이였어도 절박하게 붙들었을 테니까.

그때는 그게 팔인지도 몰랐다.

긴 시간 인생을 놓고 보니 내게 필요한 것은, 온기였다.

애정이 듬뿍 담긴, 나를 다독여주는 다정한 말,

감싸주는 팔, 걱정 어린 눈빛 같은 것들.

매우 다행스럽게도 내 삶의 곳곳에

내가 지탱할 팔들이 놓여 있다는 걸, 곁에 있었다는 걸,

이제는 안다.

그렇기에 혼자 집 밖을 나서는 건 아직도 두렵지만, 제법 괜찮다.

내가 마음껏 팔짱 낄 수 있는 언니의 팔이 있고,

내 어깨를 감싸는 든든한 철용이의 손이 있고,

나를 알아보고 웃어주는 방아지들이 있으니까.

나를 애정으로 바라봐주는 사람들이 있구나, 이렇게나 많구나,

깨닫기 시작한 순간부터 나는 조금씩 괜찮아지고 있는 것 같다.

덕분에 문밖으로 나설 힘이 생긴다. 아주 든든하지.

강수연 선생님의 말을 빌려보자면,

　　　"내가 돈이 없지, 가족(방아지 포함)이 없냐?"

＊

외출 시 준비물

슬럼프를 겪으며 오랫동안 멈춰 있던 그때,
엄마는 내 방문을 수시로 열어봤다.
너무 조용해서 어떻게 될까 걱정했던 건데,
그 모습을 본 뒤로는 밖으로 나가기 시작했다.
그리고 그 시간이 길어지면 길어질수록
하나둘 늘어나기 시작한 것이 있었으니.

은아   나 나갔다 올게.
엄마   어디 가?
은아   술 마시러.

바로 술, 술이었다.
어린 나이에 일을 시작한 내게는 도망칠 곳이 딱히 없었다.

가장 쉽게 배울 수 있으면서 현실을 잊게 만드니,

술을 찾을 수밖에 없었다.

거기다 내가 아주 잘하더라고! 술을 잘 마셔! 재능이 있어.

그렇게 밤마다 술을 마시러 나갔다.

나를 불러주는 곳이 정말 많았다.

그렇게 해서 스트레스가 풀렸다면 좋았을 텐데,

자존심이 강했던 나는 어디에도 그 고민과 불안을 털어놓지 못했다.

아무렇지 않게 웃고 괜찮은 척하는 것이 최선이었다.

그러던 어느 날, 어김없이 나가는 나를 엄마가 불러 세웠다.

엄마	딸내미.
은아	왜?
엄마	너 그 민증 챙겼어?
은아	누가 나를 미성년자로 봐. 필요 없어.
엄마	아니.

엄마는 머뭇거리며 말을 이었다.

엄마	엄마는…
	나갔다 오겠다고 밝게 인사하는 네 뒷모습이

마지막일까 봐.

세차게 흔들리고 방황했지만 끝내 포기하지 않았던 이유는

엄마의 그 말 때문일지도 모른다.

마지막이 되지는 말아야지.

그런 엄마의 걱정이 현실이 되게 하진 말아야지.

바란 대로 다 이루어지는 고은아였지만,

그것은 동전의 앞면이었을 뿐이다.

탄탄대로, 승승장구처럼 보이는 동전의 앞면,

하지만 그 뒷면에는 그 나머지 감정이 켜켜이 쌓여갔다.

친구 하나 없는 외로움, 선택받지 못한 아픔,

나를 외면하는 사람들, 어찌할 수 없는 오해,

독하게 이뤄낸 모든 것이 무너지는 고통.

그런 것들을 잘 이겨내고 싶었지만 쉽지 않았다.

동전의 앞면과 뒷면처럼

어느 순간 무엇이 앞인지 뒤인지,

무엇이 나의 기쁨이고 나의 슬픔인지 알 수 없게 돼서.

누나, 나랑 유튜브 한번 찍을래?

아직도 그날이 기억난다.

산송장처럼 누워 있을 때였다.

천장의 벽지 무늬를 세던 날, 철용이에게 전화가 걸려왔다.

　　"누나, 나랑 유튜브 한번 찍을래?"

그때 내가 보였던 반응이 지금 생각해도 참 우습다.

　　"나 고은아인데?!"

하지만 철용이한텐 "한번 생각해볼게"라고만 말했다.

생각은 무슨, 절대 안 해!

아무도 찾지 않는 나날이었다.

그걸 인정할 수 없어 울적하고 괴로운 시간들이었다.

매일 침대에 누워 천장을 보며 되뇌었다.

네가 무너지면 죽으라는 계시로 알게.

네가 버티고 있으면 나 살라는 거고.

그러니 네가 무너지는지 버티는지 내가 볼게.

천장이 무너지기를 바랐던 것도 같고.

그런 와중에도 내려놓지 못했다. 자존심을 버리지 못했다.

그 천장이 무너지길 기다리는 게 아니라,

내가 먼저 그곳을 뚫고 나왔어야 했는데.

당시 고은아는 천장이랑만 싸우고 있었다.

정작 싸워야 할 대상은 골방에 갇혀 있는 나 자신이었는데.

철용이가 어떻게든 불어넣어주고 싶어했던 숨이었다는 걸,

당시의 난 몰랐다.

그렇게 첫 제안은 무산됐다.

그리고 며칠이 지난 어느날, 언니 집에서 요양차 지냈던 때였다.

　　"누나, 그때 내가 말한 거 한번 해보자. 누나 쉴 거 쉬고,

　　오늘 밤에 같이 하자."

너무 외로워서, 힘들어서 언니 집에서 지내던 때여서 그랬을까.

무슨 마음의 변화가 일었던 건지 아직도 모르겠다.

그렇게 큰 고민도 하지 않았다.

대박이 날까, 누가 봐줄까, 그런 미래는 생각하지도 않았다.

다만 무언가가 하고 싶었다.

계속 누워만 있으니 철용이와 뭐라도 해보고 싶다는 생각이 들었다.

하지만 여전히 배우의 자아는 버리지 못해서.

씻고 화장도 하고 잔뜩 꾸몄다.

정말 오랜만에 배우 고은아의 등장이었다.

그게 어찌나 어색하던지.

처음 찍었던 영상을 찾아보면 모두가 느끼겠지만,

얼굴이 하얗게 둥둥 떠있다.

철용이와 이야기하는 건데,

배우 고은아가 출연하는 방송처럼 말투조차 바뀌고 말았다.

"누나. 왜 그래! 원래대로 해. 제발 그렇게 하지 말고."

철용이가 몇 번을 이야기했지만, 버릴 수 없었다.

하루아침에 어떻게 바뀌겠어.

그래서 정말 길게도 찍었다.

배우 고은아는 사랑을 받아왔지만, 인간 방효진도 사랑해줄까,

그에 대한 확신은 없었던 때였다.

배우 고은아만 보여줬던 사람들에게

그 가면을 벗어던지고 민낯을 보여주라는 건

너무 어려운 숙제였다.

그래도 찍었다, 죽이 되든 밥이 되든.

그렇게 해냈다.

골방에 갇혀 천장과만 싸우던 고은아가

드디어 카메라 앞으로 다시 나온 순간이었다.

꽃무늬 파자마의 탄생

'고은아' 하면 떠오르는 단어들이 유튜브를 시작한 이후 바뀌었다.

그중 하나가 바로 파자마다.

어느새 내 트레이드 마크가 된 꽃무늬 파자마,

내 눈에야 무척 예쁘긴 한데,

다들 이렇게까지 좋아해줄지는 나도 몰랐다.

당시 가장 많이 들었던 질문은 바로 이거다.

> "그 파자마, 어디서 샀어요?"

이걸 말해도 되나 몰라.

그 꽃무늬 파자마들은 이마트 앞에 있는 할인 매장에서 샀다.

이마트도 아니다.

그냥 길바닥에 널려 있는 '두 벌에 만 원, 싸다 싸!'

그런 문구가 적혀 있던 잠옷들이었다.

가격도 싼 데다 내가 좋아하는 꽃무늬!

운명처럼 그 아이들을 발견했다. 나름 신상이었을 걸!

| 은아 | 언니! 이거 예쁜데? 완전 싼데? |
| 효선 | 그래. 딱 니가 좋아할 스타일이네. |

그런데 이게 웬걸? 잠옷으로만 입으려고 샀는데, 너무 편했다.

밖에 입고 다녀도 될 만큼 디자인도 예뻤다.

잘 때 입으려고 산 꽃무늬 잠옷이

외출복이 되는 건 순식간이었다.

그랬더니 또 다른 질문을 하더라고.

눈동자까지 크게 뜨며, 놀란 표정으로,

"진짜… 그러고 다니세요?"

방송 컨셉인 줄 알았던 것 같다… 아닙니다. 정말 이러고 다닙니다.

꽃무늬가 얼마나 예쁜데! 보면 볼수록 입고 싶어질걸?

내 잠옷을 바라봐! 그럼 너도 입고 싶어지고,

이 잠옷도 바라봐! 그럼 너도 사고 싶어질 테니!

고은아 옷입니다?!

꽃무늬 파자마가 인기를 얻은 이후,
광고가 물밀듯이 들어왔다.

"저희 잠옷도 한 번 입어주시면 안 될까요?
맨투맨티 입어주시면 광고비로…."

솔직히 안 흔들렸다고 하면 거짓말이겠지.
하지만 광고비는 거절했다. 왜? 언니랑 철용이는 답을 알고 있다.

효선   고은아는 취향이 확고해.

철용   안 되겠다. 광고는 어렵겠어.

그렇다. 꽃무늬라고 해서 다 같은 꽃무늬는 아니란 말씀.

잠옷도 다 같은 잠옷이 아니다.

내 취향으로 고른 옷이 아닌데, 거짓말을 할 수는 없었다.

대신 소규모로 운영하는 분들이 부탁하는 옷은 입었다.

방가네를 좋게 봐주는 분들이니,

입는 것 정도는 무료로 할 수 있으니까.

하지만 인기가 많아질수록

내 취향의 잠옷을 선택하는 것이 어려워질 줄이야.

한번은 지하상가에 갔는데, 내 스타일의 옷들이 정말 많은 거다.

　　　"어머! 예쁘다. 저거 살⋯."

하지만 옷 위에 붙여진 설명을 보고 차마 말을 잇지 못했다.

잠옷 가까이 다가갈 수도 없었다.

내가 콕 집은 잠옷에는 이런 문구가 붙어 있었다.

　　　'고은아 잠옷.'

사고 싶은데! 저 잠옷은 내 잠옷인데! 살 수가 없었다.

'고은아 잠옷'이라고 쓰여 있는 걸 고은아가 사 가면⋯

자기애가 얼마나 넘친다는 거야.

사고 싶은 마음 꾹꾹 누르고 황급히 자리를 피했다.

그래도 선물도 받고 몰래몰래 사기도 하면서

이제는 외출복보다 잠옷이 더 많다.

잠잘 때 편하게 입는 옷이니 얼마나 편하겠어.

외출복으로 입으면 정말 좋다니까요?

판은 내가 깔아놨으니 이제 입기만 하면 됩니다!

누가 "이거 잠옷 아냐?"라고 물어보면 당당히 외치세요!

아뇨! 이거 고은아가 평소에 입는 옷인데요!

✳
수상의 영광을 돌립니다

인생에 후회되는 순간이야 누구나 있겠지만,
나 역시 시간을 돌려서 바꿔놓고 싶은 순간이 하나 있다.
이동하는 차 안에 간호사를 대동하고 링겔을 맞으며 다녔던
고1의 고은아도 아니고,
이리저리 휩쓸려 다니느라 술자리만 찾던
방황하던 스무살의 고은아도 아니다.

내 인생 후회의 순간은 비교적 최근이다.
바로 2020 MBC 연예대상! 신인상 부문, 고은아!

데뷔한 지 이렇게 오래됐지만,
나는 예능으로 신인상을 받을 거라고는
단 한 번도 생각해본 적이 없다.

연기를 그렇게 열심히 했을 때도 신인상을 못 받았는데,
〈전지적 참견 시점〉에 두 번 나간 경력으로 신인상을 받았다.
이제 와 고백하자면,
나는 내가 신인상 후보에 올라간 지도 몰랐다.
설마 신인상을 줄거라고는 꿈에도 생각 못 했다.
신인상? 고은아가 신인상을 받는다고요?
가족들도 내가 시상하러 가는 줄 알았다.
그런데 신인상 후보에 내가 있는 거다.
그것만으로도 너무 놀랐는데 그 순간 내 이름이 불렸다.

"MBC 연예대상 신인상, 수상자는 고! 은! 아!"

저요? 지금 저 부른 거 맞아요? 얼떨떨해 아무 생각도 나지 않았다.
그때 전현무 오빠가 보였다.
'너, 은아야 너'라고 손가락으로 나를 가리키는 모습에
정신이 들었던 것 같다.
상을 받으면 누구누구 말해줘야지, 어떻게 말해야지
고민하던 순간들이 있었는데,
올라가는 순간 아무 생각이 나지 않았다.
모두가 나를 바라보며 미소 짓고 있었지만,

내 머릿속은 점점 새하얗게 변해갔다.

결국 내가 할 수 있는 말이라고는,

"철용아. 고맙다."

고작 그 한마디가 다였다.

수상 소감을 하고 내려왔는데, 유재석 선배님이 그러시더라.

"은아야, 축하한다. 근데 더 길게 말하지.
아쉽게 왜 그렇게 빨리 끝냈어."

그러게요 선배님. 제가 왜 그랬을까요.

모두가 축하해주는 순간이었지만, 조금 울고 싶었다.

내가 고마운 사람이 얼마나 많은데! 내 마음을 전하고 싶었는데!

20년을 기다려온 순간을 이렇게 날려 먹다니!

당황한 건 가족들도 마찬가지였다.

내가 시상하러 간 줄 알고, 다들 식사하며 텔레비전을 보고 있었다.

효선   뭐야. 쟤가 저기 왜 올라가?

철용   지금 내 이야기 한 거야? 나한테 고맙다고?

그리고 그날, 정말 떠올리고 싶지 않지만
나만 핑크색 드레스를 입고 있었다.
다들 검은색 정장, 블랙 원피스를 입고 왔는데,
나만 레이스가 달린 핑크색 드레스.
아악! 화려했던 내 모습, 지우고 싶어요.

아무도 나를 보지 말아요, 말 걸지 말아요,
하고 있는 와중에 신인상 후보에 거론됐으니,
그 자리에서 기절하고 싶은 심정이었다.
집에 와서도 얼마나 이불을 찼나 몰라.
하지만 언니와 철용이는 놀리기 바빴다.

효선   괜찮아. 그것조차 고은아스러웠어.

철용   덕분에 우리 가족 에피소드만 늘어났지.

여러분, 사실 이런 비하인드 스토리가 있었답니다.
그리고 이 자리를 빌려,
고마운 분들에게 못 다한 수상 소감을 전하고 싶다.

고은아의 한풀이다. 그러니 패스하셔도 됩니다.

늘 언제나 나의 편이자 팬이 되어준 우리 가족.

너무 고맙고 감사합니다.

고은아라는 사람이 사라지지 않게

항상 관심 가져주시고 응원해주시는 팬분들

앞으로도 좋은 모습으로 보답할게요.

제가 살아갈 수 있게 힘이 되어주셔서 감사합니다.

사랑합니다.

나를 살린 건, 딸 할이 〈방가네〉!

기억된다는 건 무서운 일이다.

그런데 잊힌다는 건 더 무서운 일이다.

아이러니하게도 기억과 망각은 전혀 다른 뜻이지만

긴밀하게 닿아 있었다.

사람들이 고은아를 잊는다는 건 무서우면서도 슬펐다.

고은아가 이 세상에서 흔적도 없이 사라져버리는 느낌이었다.

나를 바라봤던 수천 개의 눈동자가 하나둘 사라져

끝내 아무것도 남지 않았을 때, 그 감정을 무엇과 비교할 수 있을까.

투명 인간이 된 기분이었다.

나는 여전히 그 자리 그대로 있었지만 아무도 나를 보지 못했다.

나는 전과 똑같았지만,

그 누구도 고은아를 필요로 하지 않고 관심 두지 않았다.

그건 고은아의 종말을 의미했다.

배우 고은아,

참 독하게 열심히 살았다.

사람들 가슴 속에 영원히 잠들다.

그런데 그 고은아가 부활할 줄 누가 알았겠어.

〈방가네〉를 찍고 조회수가 미친 듯이 오르던 그즈음,

볼일이 있어 강남역에 나갔다. 별생각이 없었다.

언제나 그렇듯 평소대로 하고 나갔는데,

　　"어? 고은아 아냐?"

　　"고은아다!!!!!"

　　"언니!!!!!!"

심각할 정도로 사람들이 몰렸다. 모두 나를 보고 있었다.

내 사진을 찍고, 내 이름을 불렀다. 무서웠지만 좋았다.

다시 기억되고 있구나. 잊힌 고은아의 부활이었다.

오랫동안 죽은 듯이 묻혀 있던 고은아가

흙을 파헤치고 땅 위로 올라왔다.

흡사 좀비 같은 비유지만, 이쪽은 필사적이다.

살아 있는 느낌은 정말 오랜만이었으니까.

두 번 다시 느낄 수 없을 거라고 여겼던 감정이었다.

얼마나 긴장했으면 힘을 주고 걷느라 발뒤꿈치가 다 까졌다.

은아   근데 방아지들! 왜 내가 꾸미고 나가면 못 알아보는 거야?
        그렇게 다르지 않다구고!
효선   얘가 그래서 더 꼬질꼬질하게 하고 다니잖아.
        자기 못 알아볼까 봐.

핑계가 아니다.

정말 방아지들은 제대로 꾸민 '고은아'를 못 알아본다.

보통 연예인들이 샵에서 머리하고 화장하고 구두 신고 나타나면,

다들 단번에 알아보지 않냐고!

그런데 방아지들은 달랐다. 한 번은 그렇게 꾸민 나를 보고,

"어머. 고은아랑 똑같이 생겼다. 은아언니 아닌가?"

"아니야. 우리 언니 저렇게 안 꾸미고 다녀."

"진짜 닮았는데."

"아니라고. 저렇게 안 예쁘다니까!"

내가 고은아요, 말할 수는 없었다.

연예인이니까 먼저 다가가지 좀 그렇잖아,

이런 게 아니라 내가 진짜 고은아면 실망할 것 같더라고.

그래서 다른 사람인 것처럼 행동했다.

그런데 나 고은아 맞아요… 그 뒷모습에 아련한 눈빛만 보냈다.

그러니 방아지들! 기억해두라고!

내가 방아지들 때문에!

어쩔 수 없이, 맨날 꼬질꼬질하게 하고 다니는 거야!

좌) 평소의 언니와 나.

우) 한껏 꾸민 나, 그리고 언니.

유튜브 '방가네' 별책부록

60만? 이거 꿈 아니지?

꿈인가 싶었던 순간은 매번 있었다.

처음 반응이 왔을 때, 매일 화제가 됐을 때,

그러다 10만, 20만, 40만이 됐을 때.

이제와 말하지만 우리는 매번 축하 영상을 찍었다.

철용   여러분 저희가 구독자 10만이 됐습니다!

효선   정말 믿기지가 않아서, 이게 꿈인가 생시인가 싶고.

하지만 그 영상들은 올라가지 못했다. 올릴 틈을 주지 않았다.

10만 축하 영상을 찍으면, 올리기도 전에 20만을 찍었다.

어떻게 이럴 수가 있지,

지금 우리한테 무슨 일이 일어나고 있는 거야?

그야말로 미친 것 같았다.

어느 순간부터는 현실감도 없었다.

구독자 수가 늘었지, 우리가 딱히 뭐가 달라진 건 아니었으니까.

숫자는 그냥 숫자일 뿐이다…

라고 생각했는데, 이게 웬걸. 40만에서 정체기가 왔다.

다행히 돌파구는 금방 찾았다.

방송국에서 연락이 오기 시작한 것이다.

〈전지적 참견 시점〉을 비롯해 여러 예능에서 러브콜이 왔다.

와, 우리가 인기가 있나 봐.

그제야 40만이라는 숫자가 피부로 와닿기 시작했다.

그리고 다시 50만, 60만.

철용　　와. 이러다 올해 100만 찍겠는데?

말이 씨가 되면 참 좋으련만… 요즘 우리는 정체기다.

은아　　야! 100만 될 거야! 욕심을 가지라고!"

우리는 아직 실버 버튼을 받지 않았다.

이유는 하나다. 골드 버튼이랑 같이 받으려고.

은아   두 개를 같이 받아야지! 폼나게!

어쩌면 못 받을지도 몰라, 누나….
하지만 꿈은 크게 갖고, 욕심은 부려야 맛이지.
100만을 넘는 게 목표긴 한데,
사실은 아직도 이 숫자가 꿈만 같다.

우리를 응원해주고, 좋아하는 분이 60만 명이 넘는 거다.
그리고 그 어느 곳보다 가족 같고, 돈독하다고 자신할 수 있다.
다른 곳의 100만 명, 아니 1000만 명보다
방가네의 66만 명이 나는 더 사랑스럽다.
그래도 언젠가 100만 명은 되겠…지?

누가 고은아 좀 데리고 가줘요

"누나 이상형을 한번 얘기해봐."

수십 년을 함께 살아온 내 누나지만,
고은아의 이상형은 파악이 어렵다.
나름 진지하게 물어본 건데 고은아는 깔깔깔 웃는다.
고은아는 남자를 만나야 한다.
왜냐하면, 그래야 내가 자유로우니까~!

그래서 공개하는 고은아의 이상형★
소주는 적어도 두 병 이상,
강아지를 좋아하고, 옆에 항상 있어야 한다.
그리고 무엇보다 털(수염)이 없어야 한다.

경제력은 너무 많지도, 적지도 않고 적당하게.

외모는 안 봄.

이상형이 뭐 이래? 고은아는 분명 진지하게 말한 거다.

그럼 이제 고은아가 왜 남자를 못 만나는지 이유를 꼽아보겠다.

고은아 피셜이다.

효선   그런 주제에 연애하고 싶다고 말했냐?!

…아니, 아니지! 큰누나도 작은누나도 중요한 걸 빼먹었다.

철용   왜 자기 모습을 생각 안 하지?

은아   난 아무 문제가 없는데?

철용   …문제가 없어?

은아   어디 한번 지껄여봐. 어디 용기 있게 지껄여봐.

잠옷 차림으로 팔을 벅벅벅 긁으면서 대답하는 고은아.

아니 이런 모습이 문제라니까~!

역시나 고은아도 자신의 문제점을 알고 있다.

은아   나, 남자 만나면 안 해야 할 것들 정해놨어!!

미래의 고은아 남자친구님,

고은아가 절대 안 하겠다고 약속하는 것들입니다.

은아   (코)딱지 안 먹고, 방구 안 트고

문 열고 응아 안 하고 트림 안 하고 욕 안 하고.

하아… 이 누나를 정말 어쩌면 좋을까.

그래도 다행인 건, 세상에는 정말 착한 분이 많다는 것이다.

고은아의 이런 모습을 보고도,

예쁘다고 해주고 이상형이라고 말해주는 천사들이 존재한다!

감사한 마음으로 다 보고 있습니다.

누나의 이런 꼴을 보고도 사랑해줄 분, 어딘가에는 존재하는 거죠?

치아가 세상에서 제일 작고 잇몸이 제일 긴 사람,

(치아가 새끼손톱보다 작습니다.)

진정한 잇몸 미소.

우리 고은아를 있는 그대로 사랑해줄 분, 어서 나타나주세요~!

은아   내가 연예인이라 어렵나? 나 준비되어 있는데.

앗. 나 이에 뭐 꼈어?

이쁜척

고은아의 단점

∘ 밖에 안 나감

∘ 귀차니즘 심함

∘ 부지런하지 못함

∘ 술 좋아함

∘ 낯선 곳에 못감

남동생이길 포기하고 싶다

항상 같은 옷을 입고 있지만, 다 같은 날 영상이 아니다.

매일 한 옷을 입고 있는 것뿐….

항상 같은 자리에 앉아서 맥주를 마시고 있지만,

다 같은 날이 아니다.

매일 같은 자리에 앉아 술을 마시는 것일 뿐….

그나마 다행인 건 안주는 배불리 먹지 않는다.

맥주 캔이 빈 걸 보니 이제 다 마셨나 싶었는데,

은아   야. 이제 가서 소주 사와.

        배부르니까 이제 소주 마셔야지.

철용   맥주 다 마셨으면 다 마신 거지, 왜 더 먹으려고 그래.

은아   살 빼라며~!!

이게 무슨 말도 안 되는 소리야….

소심한 반항을 해봤지만 돌아오는 건 진저리나는 유치한 복수.

내가 왜 고은아를 건드렸을까. 후회해봤자 늦었다.

은아   소주 한 병만 플리즈. 제바아아알.

         자네 소주 한 병만 사다 주오. 제바아아아알.

내 인생에 누가 내 바짓가랑이를 붙들고

이렇게 애원한 적이 있었던가.

하… 그것도 소주 한 병 사다 달라고….

내 대답은 NO!다. 아주 강력한 노노노!

나도 귀찮다고! 나도 피곤하다고!

니가 먹고 싶으면 니가 사다 먹어~!!!

누나들의 꼬봉, 어제의 만만한 방철용이 아니다.

효선   저 새끼 건방져졌어.

은아   싸가지 없어졌어.

쏟아지는 누나들의 맹비난… 귀찮아서 결국 굴복한다.

철용   돈은?

은아   도온?!! 니가 가니까! 니가 계산해야지!!

니가 가고 니가 가니까 니가 가잖아!

이게 무슨 개소리야… 으이씨.

도대체 고은아는 왜 내 누나인가요?!

하지만 내가 열 받는 건 따로 있다.

영상을 보는 분들은 그냥 안 가면 되지,

혹은 매번 부탁을 들어주니까 저렇게 하는 거지, 할 것 같은데.

갈 수밖에 없습니다.

왜냐하면 여섯 시간 동안 계―속 이러고 있거든요.

이렇게 달달 볶거든요.

믿기지 않는다면 고은아 데리고 하루만,

아니 한 시간만 살아보세요~!

옷을 챙겨입고 나가는데 고은아는 문 앞까지 따라와 진상을 부린다.

은아   이러고 운동갈까봐 그러지! 빨리 뛰어 갔다 와라!

        흐름 끊긴다!

열받는 내가 할 수 있는 최대의 복수는

미적미적 가는 듯 안 가는 거다. 물론 곧바로 응징당하지만.

효선   저 새끼 안 간다!

은아   왜 드루와! 얼른 가! 빨리 가!!

하. 나도 고은아를 종처럼 부릴 수 있는 날이 오긴 올까?

두고 봐. 언젠가 꼭 복수할 거야!

근데 또 갈 수밖에 없는 이유가 있다.

심부름을 하고 돌아오면,

마치 하늘이와 구름이처럼 멀리서부터 엉덩이를 흔들며,

개처럼 뛰어온다.

에휴 내가 못 살아.

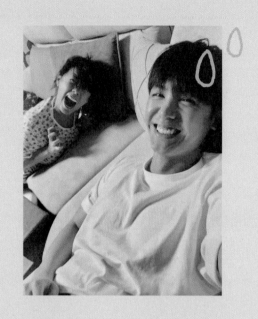

저렇게 좋을까.

야, 근데 인간적으로 잘 갔다 왔냐고 물어봐주면 안 되냐?!

은아	예쓰예쓰예쓰~! 땡스땡스땡스~! 쌩유쌩유쌩유~!
철용	가게 가기 귀찮다면서, 그렇게 빨리 움직인다고?
은아	꺼져. 귀찮게 하지마.

저, 저, 저!!! 괘씸한! 내가 다음부터 소주 심부름 가나 봐~!!

제발 그만 좀 싸워

경고!

영상 시작부터 여러분의 귀에 피가 날 수 있으니

반드시 볼륨을 낮추고 시청해주시길 바랍니다.

임산부와 노약자, 심장이 약한 분들은

마음의 준비를 단단히 하고 영상을 켜주세요.

괜히 경고문구를 띄운 게 아니다.

한 마리 짐승 같은 포효가 집 안을 가득 울린다.

　　　은아　　　효선아!!!!!!!!!!!!!!!!!!!!!!!!!

고은아가 화가 단단히 났다. 목청 터져라 외치는데

큰누나가 나타나지 않았다.

결국 귀차니즘의 대명사 고은아가 움직였으니,

일촉즉발의 상황이다. 그래서 큰누나가 어딨냐고?

큰누나는 또 여기서 뭐 해.

진짜 내 누나들이지만 알다가도 모를 사람들이다.

거기 왜 숨어 있어?

<blockquote>

은아   도대체 여기 왜 숨어 있는 거야?!

효선   부르기에 바로 숨었지.

            난 니네들이 나를 찾으면 숨어 있고

            니네 둘이 뭐 하고 있으면 난 절대 말 안 할 거야.

</blockquote>

도대체 이건 무슨 심보인지 모르겠다.

우리를 놀리는 게 세상에서 제일 재미있다는 것처럼.

아니지, 놀리는 게 아니라 화나게 하는 거!

3분 넘게 계속 효선아를 샤우팅한 고은아는 단단히 뿔이 났다.

하지만 이게 끝이 아니다.

부른 이유가 있었으니, 바로 2차 전쟁이 시작됐다.

지금 당장 강아지들 산책하러 가야 하는 자와

〈미스 트롯〉을 위해 3분이 필요한 자.

효선   나 보고 싶다고. 영상으로 보고 싶다고!

은아   유튜브로 봐! 진짜 짜증 나네. 해 떨어진다고 네 시야.

팽팽한 신경전에 결국 큰누나가 비장의 카드를 꺼낸다.

효선   소주 줄게.

은아   아니. 오늘 안 먹어.

하지만 소주에도 물러나지 않는 고은아! 이게 웬일이야 싶은데.

은아   집에서 안 먹을 거라고. 나가서 먹을 건뎅?

그럼 그렇지. 계속해서 대치 상황이 벌어진다.

누구 고집이 센 거지? 알게 뭐야, 나는 즐거울 따름!

은아   티비 꺼버려 말 드릅게 안들어. 언니만 아니면 줘팼다.
       (삐-) 엄청나게 게을러. 이유가 너무 많아.

싸우면 싸울수록 내가 할 일이 늘어난다.

뭐겠어? 고자질하러 가야지~!

철용   누나. 고은아가 누나 욕했어.

하지만 수십년을 살아놓고도 내가 간과한 게 있었으니,

모든 화살은 결국 나에게로 돌아온다.

한바탕 요란하게 휩쓸고 나가면 거실을 치우는 건 내 몫이니까….

제발 그만 좀 싸워, 싶다가도

제3자로 있을 때는 이보다 더 재미있는 구경거리가 없다.

원래 싸우면서 크는 거랬으니까 앞으로도 건강하게 싸워다오.

나는 좀 내버려두고… 싸움 구경만 하고 싶습니다.

누나들 때문에 독립하고 싶어요

20만 기념으로 축하 파티를 한 다음 날, 고은아는 필름이 끊겼다.

효선 우리 어제 난리 났던 거 알지?

은아 속을 거 같냐?

효선 거실에서 한잔하고 필 받아서 철용이한테
      올라갔었잖아.

은아 철용이가 가만뒀겠냐?

근데 고은아는 이런 적이 한두 번이 아니다.
술 먹고 세탁기에 돌려선 안 될 것도 돌리고
뻔뻔하게 기억이 안 난다며 역정을 낸다.
저거 알콜성 치매 아냐? 킹리적 갓심이다.

우리가 술 끊어라 백날 외치면 뭐 해.

술이 밥보다 중요한 주식이니.

그리고 사실 술 먹고 취한 고은아가 세상에서 제일 재미있다.

가끔 필름 끊기는 것 정도야 봐줘야지.

비밀이지만 (아닐 수도 있다) 술보다 끊기 어려운 게 있다.

바로 코딱지… 하루에 몇 번이나 파는지 세어보고 싶다니까?

그런데 여러분 알죠? 더럽긴 해도 웃겨요.

그리고 재미있는 연구 결과를 봤다.

코딱지를 파서 먹는 게 몸에 좋다나 뭐라나.

면역력에 좋다더라고.

그런데 누나, 코딱지 파지 마라. 아님 차라리 파고 먹던가.

어쨌든 20만 구독 기념을 축하했던 이 날도

고은아는 완전 필름이 끊긴 것 같다.

은아   20만~! 기념 파뤼! 나 그리고 양치하고 잤는데?

술 먹고 취해서 잘 자던 나한테 올라와 둘이 요란하게 깽판을 쳤다.

오죽하면 나한테 무릎 꿇고 사죄하기로 약속까지 했다니까?

하지만 큰누나가 몇 번을 반복해서 말해도 고은아는 아주 당당하다.

물론 전적이 수두룩하니, 눈동자는 심하게 흔들린다.

은아   장난치지 마! 내가 속을 것 같냐? 그리고 증거 있냐?!

              증거 없잖아~!

효선   맨날 저렇게 단순하게 증거가 없대. 너는 찍혔다

              멍청아!

물론 그날의 진실은 영상 속에 그대로 담겨 있다.

잘 자다가 난데없는 침입에 기가 막히고 코가 막히고~!

아주 가관이다. 고은아의 미친 독주가 계속된다.

물론 큰누나 또한… 둘 다 나한테 왜 그래.

효선   철용아 누나는 호평동 치타가 되는 게 소원이야.

              장래 희망이야.

은아   마이 뭇다 아이가 고마해라. 20만 뭇다 아이가.

고은아가 연기 잘하는 건 알았지만,

큰누나까지 연기에 일가견이 있을 줄이야.

그래, 그만큼 20만 구독자가 기뻤다는 거니까.

이러다 100만 되면 어떤 일이 벌어질지 심히 두렵다.

그러니 부디 그 전에 내가 누나들로부터 독립할 수 있기를….

제발 이제 내 인생에서 나가줘~~!

아빠의 생신 파티도 조용할 순 없지

아빠 치워 아빠 치워 아빠 치워~!
로 시작하는 아부지 생신 축하 파뤼파뤼!

아버지 생신 기념으로 다 같이 장성에 모였다.
마당에 박스 뒤집어놓고
삼겹살을 굽기 시작하면 생일 파티 시작이다.

은아   초 몇 개 꽂아야 해?

엄마   너무 많이 꽂았다.

은아   64개인데?

철용   아빠 예순둘이여!!!!

은아   없던 걸로 해.

이럴 때는 엄마가 했던 말을 사용해야 한다. 아휴 이런 효녀들.

고은아는 머쓱해서 재빠르게 초 두 개를 치운다.

가족 여섯이 모였을 뿐인데, 수십 명은 모인 것처럼 정신이 없다.

뭐 이런 게 방가네 매력 아니겠어? 사랑하는 기순이 생일 축하합니다~!

노래와 함께 마당을 뛰어다니며 정체를 알 수 없는 춤을 췄다.

고깔모자를 쓴 아버지는 우리의 재롱에

그 어느 때보다 기뻐하시는 것 같았다. 생일 파티를 해주는 건지,

스트레스를 더 주는 건지 모를 요란 법석이었지만,

좋아하신 걸로 해두자….

그렇게 선물 공개와 케이크 커팅식까지 일사천리~!

은아	아빠, 소원 빌었어?
효선	빌었을 거야. 다시는 화장실이 안 막히게 해주세요.

장성 화장실이 막혀서 딱 타이밍 좋은 소원이긴 했지만…

아빠의 예순 둘 소원을 뒷간에 써야겠어?!

그렇게 오순도순 추억까지 나눈다.

백구, 옥희, 아지 강아지 이야기에 남의 집 자식인 달래까지.

장성의 강형욱 방기순 씨 품으로 온 강아지들이 참 많다.

웬일로 화기애애한 분위기가 계속되는가 싶겠지만
마무리는 역시나 우리답다.

은아   아빠. 이제 가서 화장실 뚫어. 그래야 마음 편할 거
          아니야.

아빠 생신인데…
생신 파티의 마무리는 뒷간 가는 뒷모습을 배웅하며 끝난다.
그래, 화장실은 중요하니까! 예순 두 번째 생일 소원으로 딱이지!

3 더도 말고 덜도 말고 지금처럼만! : 혼선

※

반대가 끌리는 이유

서로 반대 지점에 있는 명확한 것들이 있다.

N극과 S극처럼 방효선과 고은아가 그렇다.

어쩜 한 배에서 나왔는데 이렇게 다를 수가 있어.

좋아하는 것도, 싫어하는 것도, 생각도 전부 다르다.

그래서 때로는 타인보다 더 먼 존재 같았다. 이렇게 다르다고?

은아는 특히나 그랬다.

방씨 집안의 이단아, 가까이 다가가면 물려요,

경고음이 삐용삐용 울리는 애.

친해진다는 건 있을 수 없는 일이었다.

내 자랑이었지만, 가족이라는 단어를 실감해본 적은 없었다.

고은아는 고은아,

어떤 생각을 하는지 어렵고 이해할 수 없는 존재.

"언니, 나는 언니랑 다닐 때 뭐든지 할 수 있다?"

어쩌면 가족이란,
평생 이해할 수 없는 서로를 품고 사는 울타리일지도 모르겠다.
가족이 아니었다면 내가 은아와 친해질 생각이나 했을까.
방가네를 하면서
우리는 그전과 비교할 수 없을 정도로 가까워졌다.
다르지만, 다르기에 더 좋을 수 있다는 걸,
서로의 부족한 부분을 채워 완벽해질 수 있다는 걸,
은아를 통해 배웠다. 은아도 마찬가지였다.

"내가 사고를 치건, 실수를 하건,
언니가 이성적으로 정리해줄 거라는 믿음이 있어.
난 감정적이잖아. 언니랑 있으면 뭐든지 돼."

god를 좋아하던 나의 운명이었을까.
'너에게 뭔가 이상한게 있는데 반대라서 더 끌리나 나와 다르니까 그게
날 더 사로잡나 처음 본 거니까 하나도 맞지가 않아서
매일매일 싸움뿐일 텐데 보고 싶어져 언제나.'
〈반대가 끌리는 이유〉의 가사처럼

그렇게 나는 은아를 사랑하게 됐다.

이미 사랑하고 있었지만, 더.

예전에는 엉뚱한 모습을 보면 기가 찼는데,

요즘에는 그런 모습마저 사랑스러워 보이는 걸 보면,

내가 빠져도 단단히 빠진 것 같다.

심각한 문제로 골머리를 썩고 있어도

벌꿀잠옷을 입고 헬렐레 하는 단순한 고은아를 보면

'아무 일도 아니구나' 하고 느낄 때가 있다.

한없이 우울에 빠지려던 은아에게

'야! 그거 아무 것도 아니야!' 외치며 수렁에서 건져내면

은아는 머쓱하게 웃는다.

그렇게 우리는 서로의 존재를 확인한다.

아, 그래. 이거 별거 아니구나.

다르기에, 위로받는다. 다르기에, 서로를 구원해줄 수 있다.

우리가 이렇게 죽이 잘 맞을 줄 몰랐지.

누구보다 서로의 강력한 편이 되어 끌어당겨줄지 몰랐지.

은아야, 난 너랑 친해져서 정말 좋아.

그리고 네가 내 친구가 아니라 동생이라 좋아.

친구였다면 분명 절교했을 테니, 평생 언니 동생이나 하자.

✳
호평동 치타

'따로 또 같이'의 삶은 그렇다.

함께 있을 때는 세상 가장 '텐션' 높은 방효선이지만,

혼자 있을 땐 참 바쁜 엄마이자 아내가 된다.

아무리 가족이어도 일거수일투족 하루를 전부 알 수는 없기에

'호평동 치타'는 우리 모두에게 신기한 콘텐츠였다.

물론 나 자신에게도.

내 하루의 시작과 끝이 어떤지 제 3자의 시선으로 본다는 건

참 재미있는 경험이었다.

일단 시작은 하진이와 함께한다.

은아   컨셉이야? 다정한 엄마? 뽀뽀를 한다고?

철용   이런 모습 처음 봤어.

뽀뽀하는 모습에 은아와 철용이는 기겁하지만, 나에게는 일상이다.

행복한 일상이지. 부럽냐? 아침은 온전히 하진이를 위해서 쓴다.

그러고 나면 빨래, 설거지… 해도 해도 끝이 없는 집안일!

그렇게 정신없이 오전을 보내고 나만을 위한 시간에 빠지려고 하면,

은아   뭐해?

어김없이 철용이와 은아에게 전화가 걸려 온다.

쓸데없는 이야기를 반복하다,

운동하고 하진이를 맞이하고,

저녁을 준비하고 다시 반복이다.

그리고 오늘도 계속된 은아의 행패!

은아   강아지들 밥이 없는데. 지금 사올 거야? 내일 사올 거야?

효선   넌 애가 왜 이래?

은아   나야 모르지! 언니가 생각할 건 하나야.

          오늘 오냐, 내일 오냐.

효선   마침 형부가 일이 있어서 사료 갖다준대.

은아   그럼 내가 대리 불러서 갔지! 이게 미쳐 가지고!

          형부한테 사료 심부름을 시키냐!

형부를 어려워하는 고은아니, 이런 소소한 복수라도 해야지.

물론 내가 간다… 이럴 때마다 항상 궁금하다.

엄마는 왜 내게 고은아를 준 걸까?

쟤는 왜 내 동생으로 태어난 걸까! 결국 엄마한테 물어봤다.

효선	엄마 둘째 딸은 나한테 왜 그래?
	나한테 효진이를 동생으로 낳아준 이유가 뭐야?
엄마	니가 알겠니, 내가 알겠니?
효선	엄마 아빠가 알겠지!
엄마	나도 그렇게 나올 줄 알았니.

엄마도 모르는 답을 찾기 위해 나는 오늘도 생각에 잠긴다.

그리고 어김없이 같은 결론이 나온다.

그 옛날 꼬꼬마 방효선 때부터 고은아가 내게 온 이유는 하나다.

바로 방철용. 나한테 철용이를 주기 위해 고은아도 준 거다.

둘이 세트라는 거지. 그렇게 생각하면 고은아를 견뎌낼 수 있다.

그렇게 생각하는 게 마음에도 위안이 되고…

아주 하진이 키우는 것보다 더 힘들어!

행복은 결국 내 안에 있어!

나는 아줌마다. 이 단어를 이야기하면 당황하는 사람들이 있다.

아줌마라는 단어를 낯설게 여기거나,

그것을 당당히 이야기하는 나를 조금 놀라운 눈으로 본다.

아니, 아줌마 본 게 그렇게 신기해?

어린 친구들이 아줌마라는 단어를 낯설어하고 신기해한다면,

아줌마라는 단어를 무서워하는 건 오히려 또래 친구들이다.

일찍 결혼한 나와 달리,

이제 막 결혼하거나 결혼을 고민하는 친구들이 있다.

물론 두려운 마음을 이해하지 못하는 건 아니다.

세상이 아무리 많이 바뀌었다고 해도

아줌마에 대한 부정적인 인식은 여전히 남아 있으니까.

결혼을 앞둔 친구들은 대부분 이런 소리를 한다.

"난 이제 아줌마야. 끝났어."

"가정에 묶이면 아무것도 할 수 없을 것 같아."

두 사람에게 공통점이 있다.

아직 경험하지 않은 걸 미리 겁낸다는 것이다.

앞으로 어떻게 될지 사람 일은 모른다지만, 그런 말 있잖아.

우리가 걱정하는 것 중 실제로 일어나는 건

10퍼센트도 안 된다고.

어쨌든 살면서 걱정하는 일 중 대부분은

실제로 일어나지도 않는다.

직장인들이 회사를 가기 전에 걱정하는 것과 똑같다고 생각한다.

나 회사 들어가면 야근하느라 저녁에 아무것도 못 하겠지.

낮에 일하느라 너희들이랑 연락도 못 하겠지.

그 회사 들어가면 다른 거 아예 못할 것 같아. 내 대답은, 놉!

물론 지금 말하는 것보다 결혼 생활이라는 것은

더 어렵고 복잡할 수 있지만,

그 안에서의 행복은 내가 발견하는 거다.

그저 내게 지금 주어진 것들을 아낌없이 사랑하면 좋겠다.

어때, 간단하지?

✳ 엄마의 이름으로

살다 보면 참 신기하게도,

가장 이해하지 못할 사람을 이해하게 되는 순간이 찾아온다.

내게 엄마가 그랬다.

어릴 때 나는 엄마를 이해하지 못했다.

장녀인 데다 고지식하고 보수적인 내 성격이 한몫했을 것이다.

엄마라는 이름으로,

엄마라는 자리에서 어째서 저렇게 자유분방할까,

항상 의문이었다.

그래서 엄마에게 더 엄격한 기준을 세우고, 요구하고 바라곤 했다.

엄마가 그러면 안 되지, 엄마면 이렇게 해야지!

드라마 속에 나오는 시집살이를 내가 시키고 있었다.

그 불편한 평행선은 평생을 갈 줄 알았다.

엄마를 이해 못 하는 딸과 딸이 야속한 엄마와의 관계로 우리는 못 박힌 듯 움직이지 않았다.

하지만 이게 웬걸, 순식간에 상황이 변했다.

내가, 엄마가 된 것이다.

내가 하진이를 낳고 키우면서,

내 삶의 곳곳에서 우리 엄마가 발견되기 시작했다.

아이를 키우는 제한적인 삶에서 한번씩 내가 탈주할 때마다

아, 엄마도 그래서 이렇게 행동했던 거구나,

그때 엄마 마음이 그랬구나, 깨닫곤 했다.

그건 꽤 고역인 일이었다.

부족한 엄마가 된 나를 비난하고 마음에 들어 하지 않는 건,

결국 방효선 나 자신이었으니까.

내 삶의 곳곳에서 젊은 날의 엄마를 발견할 때면,

나도 모르게 엄마를 꼭 껴안게 된다.

우리 엄마, 그때 참 고생했네. 내가 그때 몰라줘서 미안하네.

지난날의 방효선을 혼낼 수도,

바꿀 수도 없으니 어른이 된 나라도 우리 엄마를 이해해줘야지.

그 마음을 엄마도 알아차린 걸까.

엄마   효선아. 엄마는 네가 요즘 너무 좋아. 엄마 정말
          행복하다?

효선   갑자기 왜?

항상 내가 불편하고 숨이 막혔다는 엄마,

하지만 이제는 누구보다 내가 편하다고 말씀하신다.

그럴 수밖에.

엄마의 일탈을 응원하고 도와주며 카드까지 지원해주는 건,

나밖에 없거든!

"엄마 지금 당장 해. 하고 싶은 거 다 해!"

엄마로 살아오면서 누리지 못했던 것들,
미뤄둔 것들 다 하라고 그렇게 오늘도 엄마의 등 뒤를 떠민다.
근데 엄마. 내가 다른 건 다 괜찮은데
아무리 그래도 뻥튀기 가게에서
4만 원 쓴 건 좀 너무하지 않나 싶은데…
아니다, 그것도 엄마가 하고 싶은 대로 다 해.

돈을 버는 이유

은아와 철용이와 다르게 내 인생에만 주어진 키워드가 있다.

바로 엄마, 그리고 아들.

가족에게 좋은 딸, 좋은 누나, 좋은 언니가 되고 싶지만

솔직히 그 무엇보다 좋은 엄마의 욕심이 더 크다.

그렇다고 내가 좋은 엄마였나,

생각하면 그렇지 못할 때가 있었다.

집안 상황을 생각해 밖에 나가 일을 했던 시기,

그것이 결국 내 자존감을 키우고 자유를 만끽하게 해 주었지만,

그 순간에는 하진이가 빠져 있었다.

당시 하진이는 유년기의 철용이와 비슷했다.

엄마 케어를 받지 못하는 어린이.

하지만 현실이 녹록지 않았다.

미안하고 또 미안해서 괴로우면서도,

하진이를 뒤로 하고 일을 할 수밖에 없었다.

그제야 엄마의 마음을 이해한 것도 두말할 필요가 없고.

　　"누나, 누나 잠깐 이리 와봐!"

그러다 잠깐 철용이의 유튜브에 출연하게 됐다.

치킨 먹방으로 기억한다.

어쩌다 한번씩 출연하는 것뿐이었는데,

철용이가 돈을 나눠 출연료를 줬다. 내가 한 게 뭐가 있다고.

돈은 중요하다. 자존감은 경제력에서 나온다.

전부가 그렇다는 뜻은 아니지만,

돈이 아예 없는 상태에서 행복을 오롯이 갖기는 힘들다.

무작정 돈을 버는 것은 중요하지 않다.

돈을 버는 의미와 목적이 중요한 거다.

아주 적은 돈이어도, 그 돈으로 내 행복의 원천을 지킬 수 있기에,

그래서 돈이 필요한 거니까.

　　"이건 누나 몫이야.

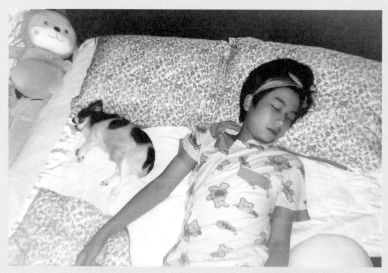

누나가 정당히 가져야 할 대가니까,

꼭 받아야 해."

그러니 철용이에게 고맙다.

돈 그 자체에 대한 고마움도 있지만,

그보다는 하진이에 대한 몫이다.

내 행복의 원천은 하진이였으니까.

이제 하진이의 등하교를 집에서 함께할 수 있다.

밥을 챙겨주고, 하루 일과를 들을 수 있다.

아이를 집에서 키울 수 있는 환경을

철용이가, 〈방가네〉가 만들어준 것이다.

그러니 난 편파적일 정도로 〈방가네〉를 지지한다.

아마 〈방가네〉의 1호 팬은 내가 아닐까.

내 자존감을 채워주고,

나를 엄마로 살게 해준 방가네를 어떻게 응원하지 않겠어.

방가네에서 최고의 상은?

하진이가 학교 졸업식 때 상을 받았다.
우리집은 그야말로 잔치집 분위기였다.
이렇게 말하면 하진이가 받아온 상을
성적 우수상 같은 걸로 생각하실 수 있겠지만,
우리 하진이가 받은 상은,

> "6학년 5반 조하진.
> 위 학생은…."

내가 자란 장성에서 모두가 최고로 쳐준 상은 우정상이었다.
성적? 그런 거 난 모릅니다~!
세상 모두가 그러하겠지만,
나 또한 하진이에게 바라는 건 별 거 없다.

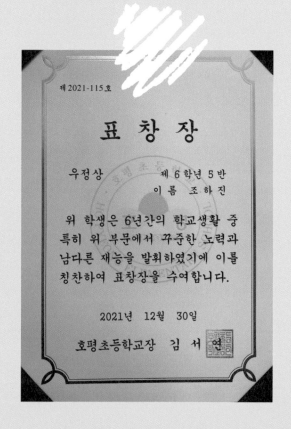

제 2021-115호

표 창 장

우정상　제 6 학년 5 반
　　　이 름　조 하 진

위 학생은 6년간의 학교생활 중
특히 위 부문에서 꾸준한 노력과
남다른 재능을 발휘하였기에 이를
칭찬하여 표창장을 수여합니다.

2021년 12월 30일

호평초등학교장　김 서 연

건강하게만 자라다오,

자신을 사랑하고

그리하여 다른 이도 사랑할 줄 아는 사람으로 커다오.

물론 이 또한 욕심일 수 있겠지만,

하진이는 내가 바라는 것 이상을 해내는 아이다.

하진아, 엄마가 세상을 살아보니, 정작 중요한 건 따로 있더라.

굳이 말로 전할 필요도 없었다.

우정상에 깃든 의미는 '친구가 많다'로만 귀결되지는 않는다.

누군가를 배려하고 양보하고 다독일 줄 아는 마음 씀씀이는

배운다고 가질 수 있는 게 아니다.

그건 마음이 단단한 사람들이 지닐 수 있는 일종의 무기인 셈이다.

그 무기는 다른 사람을 해치지도, 나를 해치지도 않는다.

그 무기가 베는 것은 과하면 문제일 질투, 이기심, 소유욕, 미움…

그런 부정적인 감정들.

우리 하진이는 그것들을 없애는 무기를 갖고 있었다.

    "그래. 네가 먼저 하고 싶은 거 하자.

    대신 내 꺼는 두 번째로 꼭 하자."

아이들이 서로 장난감을 갖고 싸울 때,

하진이는 싸움을 멈추고는 상대에게 양보를 한다고 했다.

그렇다고 다른 이에게 퍼주기만 하지도 않았다.

배려하면서도, 자신 또한 챙길 줄 아는 건강함을 갖고 있었다.

가만 보면 참 신기하다.

가정환경이 중요하다고 말하는 사람들이 참 많지만,

나는 그 의견에 동의하지 않는다.

솔직히 우리 환경이 썩 좋았다고 말할 수는 없다.

삼촌은 매일 집에서 가만히 있었고, 이모는 취해 있었으니까.

물론 우리 모두 하진이에게 사랑을 줬지만,

그 이면에는 어른으로써 보이면 안 될 모습들 또한 존재했다.

솔직히 방씨 집안 사람들이 다 똘기 충만하니까…

정상적인 어른이 있었을까, 싶은 거지.

> 은아　　그래서 하진이가 어려서부터 정신을 똑바로 차린
>
> 　　　　건지도 몰라. 저런 어른이 안 되어야지 하면서.
>
> 철용　　난 빼줘라~! 난 아니라고!

그런 하진이를 보며 우리가 성장한다.

나조차 몰랐던 내 상처를 치유받는다.

순수하고 맑은, 편견이 없는 아이란 그런 선물 같은 존재다.

하진이를 보며 반성하기도 하고,

하진이를 위해 자신을 바꾸기도 하며,

하진이를 통해 삶을 배우기도 한다.

그래서 하진이에게 하고 싶은 말은,

하진아, 적당히 해도 돼.

공부도 적당히, 시험도 적당히, 뭐든 적당히 해도 돼.

넌 항상 그 자체로 충분히 멋진 아이야.

생각의 커튼 걷기

집안이 어두웠던 시기가 있었다.

약속이라도 한 듯, 우리 모두의 삶에 어둠이 드리운 때였다.

참 신기하게도,

생각에 어둠이 내려앉으면 현실에서도 빛을 보기가 싫어진다.

계속 누워서 아무 것도 하기 싫은데,

햇살이 너울거리며 자꾸 재촉하는 것 같았다.

움직여야지, 일어나서 오늘을 살아야지, 이렇게 있으면 안 되잖아.

창가 너머의 밝은 풍경을 보는 게 괴로웠다.

해가 뜨는게 싫었다.

커튼을 걷고 해가 들어오면 '하루가 또 시작됐구나'

그 시작이 싫었으니, 집은 항상 어두웠다.

가만 보면 마음과 집은 끝내 닮아간다.

마음 상태를 체크할 때, 집 상태를 보는 게

어쩌면 가장 빨리 알아차리는 방법일지도 모르겠다.

방가네를 시작하기 전,

철용이의 집도, 은아의 집도,

내 집도 커튼이 걷혀 있던 날이 없었다.

우리는 각자 햇빛을 피해 어둠에 숨어 있었다.

커튼을 걷기 시작한 게 언제부터였더라.

정확히는 기억나지 않지만,

우리가 함께한 뒤부터 조금씩 달라졌던 것 같다.

그전에는 서로의 삶이 바빠 자주 모이지 못했지만,

바쁜 시기가 똑같이 찾아왔듯, 힘든 시기도 비슷하게 찾아왔다.

마치 장성과 인천에 살던 때처럼 우리는 자연스레 모였다.

만나서 딱히 무언가를 한 것은 아니다.

다만 함께 있을 때는 서로의 얼굴을 봐야 하니까,

각자의 고민과 생각에서 벗어나 서로를 보며 대화해야 하니까.

그렇게 조금씩 집 안의 커튼이 걷혔다.

그리고 지금은 일어나자마자 커튼부터 걷는다.

의식적인 행동일 수도 있다.

아침의 햇살로 집안이 밝아지면, 내 마음도 같이 밝아지는 게 아닐까,

그런 생각으로 하루를 살 힘을 얻고는 한다.

물론 이 모든 것은 방가네 덕분이다.

내 곁에 나를 지지해주는 동생들이 있다는 것,

아마 방가네를 하지 않았더라면

우리는 서로의 진심을 알지 못했을 것 같다.

더불어, 내 삶을 응원해주는 방아지들까지.

단 한 사람이라도 나를 지켜보고 응원해준다면

살아갈 힘을 얻을 수 있다는 걸, 나는 방가네를 통해 알았다.

근데 그게 한 명도 아니고 몇 십만 명이다.

커튼을 걷고, 오늘을 힘차게 살 수밖에 없잖아.

그렇게 많은 사람이 날 응원해주는데.

그러니 나 또한 누군가의 마음을 가리고 있는 커튼을

힘껏 걷어주는 사람이 되고 싶다.

내가, 우리가 당신의 삶을 응원하고 있다는 걸 꼭 알아주셨으면 좋겠다.

생각없이!

은아

생각없이 웃는 요즘이 좋다.
방가네의 삶은 코미디에 가깝다.
가까이 들여다보면 가끔 비극도 보이긴 하지만,
우리 삶의 목표는 코미디라고 생각한다.

방가네 유튜브의 댓글을 항상 챙겨보는 나에게는
이런 감상이 제일 큰 힘이 된다.

지하철에서 생각없이 보다가 빵 터졌네요.
너무 웃겨요. 아무 생각없이 볼 수 있어서 좋아요.
생각없이, 그 말이 참 좋다.
삶에서는 생각할 게 너무 많다. 도처에 널려 있다.
하다못해 점심에 뭐 먹을지, 밥 먹는 것만 해도

우리는 고민하고 또 고민하고! 선택해야 하지 않는가.

그래서 〈방가네〉는 그 생각을 없애는 선물이면 좋겠다.
계산없이 웃을 수 있는 콘텐츠,
파악하거나 관찰하는 게 아니라 그저 웃으려고 보는 〈방가네〉!

물론 처음 접하는 분들은 뭘 봐야 할지 고민이 되겠지만…
보는 즉시, 생각이 사라지게 만들 거라고 장담한다!
그러니 고민하지 말고 다 보시길!

내가 바라는 건 오직 하나~!

철용

지금 와서 바라는 건 별로 없다.

다 이루었다, 이런 게 아니라 욕심이 많이 사라졌다.

지금만으로도 충분히 나는 행복하기 때문이다.

내가 건강하고, 우리 가족이 건강하고,

특히 울 엄마 이 안 아프고!

그래도 강렬하게 원하는 걸 하나 꼽아보라면, 오직 결혼!

내 결혼도 아니다. 고은아의 결혼!

이거 완전 아빠의 마음 아니냐고….

말은 이렇지만 사실 앞으로 나아가기를 바라는 거다.

방가네로 용기를 얻었으니,

부디 도움닫기를 하기를. 무언가 도전해보기를.

시도하고 실패해도, 돌아올 가족이 있으니까
아무것도 겁내지 말기를.
그리고 사실 이건 나 자신에게 하는 말이기도 하다.

내가 실패해도 내 곁엔 가족이 있다.
그리고 방아지들이 있다.

도전하고 실패해도 다시 돌아와도 돼. 그러니 도전해도 돼.
방아지들에게도 해주고 싶은 말.

따로 또 같이

효선

방가네를 언제까지 할 수 있을까,

우리가 가끔씩 하는 고민이다.

영원한 건 절대 없어! 라는 노랫가사도 있지 않은가.

다들 불안해하겠지만, 사실 나는 두렵지 않다.

내가 바라는 건, 우리 모두의 해방이니까.

방가네를 통해 가족의 끈끈함과 돈독함을 깨달았다.

없는 줄 알았는데, 차고도 넘치는 게 우리 가족이었다.

그러니 이 사랑을 기반으로

각자 할 수 있는 것을 찾았으면 좋겠다.

또 잘할 거라고 믿는다.

인생은 참 길다.

'이만큼 살았는데 막상 해놓은 게 없는 것 같아' 싶으면서도

돌아보면 '언제 이만큼 살아왔지, 이렇게 시간이 지났지,'

느껴지는 지점들이 있다.

방가네 또한 그렇다.

언제 우리가 이만큼 찍었지?

언제 우리를 좋아해주는 사람이 이렇게 늘었지?

방가네는 채널의 이름인 동시에, 우리 가족의 삶이다.

그러니 언제까지 할 수 있을까, 라는 질문은

처음부터 틀렸다고 생각한다.

앞으로 우리가 계속 인생을 살아가야 하니까,

방가네도 그만큼 계속 변화하는 게 당연하다.

이 안에만 있기보다는,

각자 자유롭게 해방이 돼서 본인의 삶을 살고,

다시 또 방가네에서 만나 그 시너지를 내고 싶다.

그 삶이 녹록지 않다고 한들, 내가 해주고 싶은 말은 변함없다.

뭘해도 될 거야. 걱정하지 마.

방가네 패밀리 Special Page

부모님의 연애 보고서

7공주, 들어는 봤나.

7공주 중에 서열 상위에 우리 엄마가 있었다.

당시 7공주는 공부보다는 패션에 관심 많고,

물 좋고 공기 좋은 곳으로 놀러 다니는 분들 되시겠다.

엄마 아빠의 연애는 연애라고 보기에는 다소 어폐가 있다.

아빠에게 꽂힌 엄마가 죽어라 쫓아다닌 결과였으니.

지금에 와서는 후회하실 수도 있겠지만, 어쩔 수 없었다.

7공주 엄마는 패션에도 관심 많고 얼빠 기질이 다분했었으니까!

고은아와 방철용의 얼굴이 누구에게서 나왔겠어.

잘~생긴 얼굴은 아빠에게서 시작됐다.

얼굴 뜯어먹고 살 거야?

그때의 엄마는 "응!"이라고 대답할 게 분명하다.

그 만남은 장성에서 이뤄졌다.

인천에 살던 엄마가 어떻게 장성까지 놀러 갔는지 모르겠지만,

체력과 추진력 하나는 대단하다.

인천 7공주들이 꽃단장하고 백양사에 놀러 간 그날,

엄마는 운명처럼 아빠를 만났다.

백양사는 절인데도 불구하고, 장성의 유명한 관광지다 보니,

당시에는 만남의 장이나 다름없었다나 뭐라나.

백양사를 엄마만 그렇게 써먹은 건 아닐… 거야?

노란색의 옆이 다 찢어진 옷을 입고,

단발머리를 한 남자가 엄마의 시야에 걸렸다.

그 모습을 보고 엄마는 아빠에게 첫눈에 반했다.

지금 봐도 멋지긴 한데,

그렇다고 친구들 다 돌아갔는데 혼자 백양사에 남을 일이냐고!

사랑이란, 운명이란

그런 말도 안 되는 용기를 갖게 만드는 것인가.

홀로 남은 엄마는 아빠에게 회심의 한마디를 던졌다.

"저기요, 같이 놀러 가실래요?"

얼굴값 제대로 하는 아빠는 대꾸도 안 했다카더라~!

엄마 피셜이다.

당시 아빠는 소장사를 해서 몸도 좋고, 무엇보다 돈이 많았다.

오토바이를 타고 지나가다 길에 돈이 떨어지면,

동네 사람들이 죄다 "저거 기선이 돈이다~ 갖다줘라~"

할 정도로 주머니에 돈이 넘쳐났다고 한다.

그 돈 좀 아꼈다 우리 주지….

여기서 드라마 같은 이야기가 펼쳐진다.

아빠에게는 전 재산을 줘도 아깝지 않을 정도로

좋아하는 여자가 있었다.

일편단심이었던 아빠 눈에 엄마가 보일 리가 없었다.

하지만 우리 엄마가 거기에 기 죽을 쏘냐~!

몇 날 며칠 따라다니고 마음을 퍼부은 결과, 아빠 마음이 흔들렸다.

(아빠는 아니라고 하겠지만.)

기어코 아빠 옆을 차지한다.

유명한 말이 있지 않은가. 모든 역사는 언제? 밤에!

무엇과? 술과! 함께 이루어진다~!

가만 보면 고은아의 주량은 엄마를 닮은 것 같다.

엄마의 노력과 매력으로 결국 술을 마신 그날,

경사스러운 밤을 보내고야 마는데…

여기서 끊으면 안 되겠지?

하지만 아빠 마음에는 아직 좋아하는 사람이 있다는 말씀!

근데 사람 마음이 그렇잖은가.

자꾸 나 좋다고 열렬하게 쫓아다니면 눈에 자꾸 밟히는 거다.

강아지를 그렇게 사랑하는 아빠가,

강아지처럼 아빠만 보고 쫓아 다니는 엄마를

오래 외면할 수는 없었을 거다.

그런데 거기에 쐐기를 박는 사건이 일어난다.

　　"자기야! 나 임신했어."

'우리 엄만 매일 내게 말했어. 언제나 남자 조심하라고~'

이 노래 가사는 바꿔야 해. 언제나 여자 조심하라고~!

마치 불장난 같았던 하룻밤의 사랑으로 방효선이

(19금 부분이니 이하 생략) 만들어지고…

엄마의 불도저 같은 성격과 천진난만함에

결국 아빠는 함락당하고 말았다.

거기다 아빠가 좋아하는 여자는 다른 남자랑 눈 맞아서 도망갔으니,

신은 분명 엄마 편이었던 거지.

그리고 태어난 방효선은 그야말로 아빠의 사랑을 제대로 받았다.

얼마나 예뻐했는지, 논에 갈 때도 갓난쟁이 아기를 안고 갔다.

그런데 가만 보면 그때가 더 화끈하고 개방적이다.

요즘 같은 세상에는 말도 안 될 일인데,

그걸 우리 엄마는 해냈다.

갑자기 난데없이 등장한 엄마를

할머니가 곱게 볼 수는 없었을 거다.

사고는 같이 쳤는데 뭐~! 하지만 결국 엄마를 앉혀놓고 물었다.

　　　할머니　　어떻게 할 거야?
　　　엄마　　　그냥 여기서 살게요. 우리 오빠랑!

결국 할머니부터 고모들까지 온 식구가

엄마와 효선이에게 푹 빠지고 말았다.

처음에는 무섭게 나왔던 할머니조차

엄마에게 사르르 녹고 말았으니,

다시 봐도 역시 고은아는 엄마를 닮았다.

처음에는 그 엉뚱함에 황당해도 끝내 사랑할 수밖에 없는 거다.

엄마는 고은아를 보고 저렇게 태어날 줄 알았냐, 하시지만

알았어야 해. 이렇게 닮았는데?

그 뒤로 아빠와 엄마가 얼마나 사이가 좋은지,

서로를 열심히 사랑한다.

지금까지도 뽀뽀하는 부모님… 우리도 알고 싶진 않았다고~!

그래도 우리는, 부모님처럼 서로를 사랑하는 사람과 함께 늙고 싶다.

*

장성판, 사랑과 전쟁

덕분에 재미있는 에피소드도 있다.

드라마 〈사랑과 전쟁〉 저리 가라!

장성편 〈사랑과 전쟁〉이 얼마나 재미있게?

엄마가 한 번은 아빠를 상대로 장난을 쳤다.

밭에서 일을 하고 있다가 아빠를 놀리고 싶어서,

> 엄마　　자기야. ○○이 마을에 왔더라.
>
> 아빠　　뭐, 와도 신경도 안 써.

아빠가 좋아했던 분이 다시 돌아왔다고 거짓말을 한 거다.

하지만 아빠는 신경도 안 쓴다며, 묵묵히 일했다.

> 엄마　　거짓말 아니야. 진짜야. 진짜 왔던데?

아빠   거짓말하지 마라. 쓸데없이.

엄마는 살을 더 보태서 거짓말을 막 했다고 한다.
그런데 뒤가 조용한 거지.
그래서 뒤를 돌아봤는데, 아빠가 사라진 거다! (두둥)
아, 그 장면을 내가 봤어야 하는데!
아빠가 그분을 보려고 달려간 거다.
가봤자 뭐 하나, 뻥이었는데!
결국 한 시간 후 아빠가 돌아왔다.

엄마   나 혼자 여기 두고 어디 갔다 왔대?
아빠   샛거리 사러 갔다왔어.
엄마   샛거리를 한 시간이 넘게 사오냐?
아빠   ○○이 안 왔드만. 그려.

그러고서는 두 분이 한참을 웃었다고 한다.
얼마나 오래 살고, 서로를 믿으면
이런 농담도 주고받을 수 있을까.
약간 목숨이 왔다 갔다 하는 장난인 거지, 지금.
그래도 서로에게는 서로뿐이다.

그것을 너무 잘 안다.

서로를 놀려 먹기 바쁘고, 여전히 뽀뽀하기 바쁘고.

한번은 엄마가 일하고 있는데 아빠가 뭘 들고 쫄래쫄래 들어왔다.

엄마	그거 뭐꼬?
아빠	퍼그라는 강아지인데, 못생겼다.
엄마	근데?
아빠	너 닮아서 데리고 왔다.

그러고서 또 얼마나 물고 빨고 예뻐하는지.

우리 아빠가 '츤데레'의 정석이 아닐까 싶고.

결혼식에 참석하다

두 분은 뒤늦게 결혼식을 올렸다.

방효선과 고은아도 그 자리에 참석할 수 있을 정도로 큰 뒤에야.

사는 게 바빠서, 먹고살기 빠듯해서, 그동안 식을 올릴 수 없었다.

드레스 한번 입는 게 신부들의 로망인데,

우리를 다 낳고서야 엄마는 입을 수 있었으니,

그 생각을 하면 짠한 마음이 든다.

하지만 덕분에 우리는 신났지.

그 어느 때보다 잘생긴 아빠와 예쁜 엄마 때문에

눈이 휘둥그레졌던 기억이 난다.

보통은 경험해볼 수 없는 일이잖아.

부모님의 결혼식에 참석할 수 있다니,

이보다 더 영광스러운 일이 어디 있을까.

"검은 머리가 파뿌리 되도록

평생 서로를 사랑할 것을 맹세하겠습니까?"

"네" 하고 대답하던 아빠와 엄마를 실시간으로 목격할 수 있다니,
이보다 더한 드라마가 어딨으랴.
어린 나이임에도 우리는 알았다. 그건 사랑이었다.

견터뷰

견 력 서

이름	하늘	성별	여
생년월일	?(미안해 ㅜㅜ)	나이	9
좋아하는 것	산책, 낮잠, 꽃향기, 이불		
싫어하는 것	잘 때 뽀뽀하기		
견(좌)우명	간식보다 잠이다		

견력사항

이력	비고
하진이 유치원 시절 김포에서 첫 만남.	옆 친구는 신나서 꼬리치는데 이 당시 하늘이는 여전히 뒤돌아 앉아 시큰둥한 표정을 짓고 있었음
봄? 가을? 첫 산책	무서워서 한참을 앉아 있더니 꽃을 보곤 그 향기를 맡으며 어슬렁어슬렁거리다 산책 한참 걸림
바다 수영	준비도 없이 일단 바다 입수. 살기 위해 바로 개수영 마스터 (강아지계의 박태환 선수 등장)
첫 예방접종	기함할 듯한 비명과 함께 기절. 기억 없음

능력치/특기

이름	내용	효과
물기	한 치의 오차도 없이 한번에 공격하기	잘 때 안 건드림
밀어 앉기	앉아 있으면 뱃살에 못 이겨 뒤로 밀리는 문워크	간식 단절

견문견답

Q. 다들 제일 궁금해하는 것! "이 집은 강아지들이 제일 얌전한 것 같아!"
어쩜 그렇게 얌전한가요? 왜 짖지를 않나요?

A. 전 원래 관심이 없어요. 일상인데 특별한 게 있나요.

Q. 그렇다면 언제 가장 심하게 짖었나요? 견생 중 가장 화났을 때~!

A. 은아 엄마한테 안겨 있는데 효선 엄마가 괴물 같은 표정으로 쳐다볼 때.
승질남.

Q. 솔직히 방가네 식구 중 제일 좋아하는 사람은?

A. 그냥 그날그날 바뀌어요. 나의 컨디션에 따라. 멍멍.

Q. 가장 행복할 때는 언제인가요?

A. 산책 후 낮잠 시간. 근데 이때 건드리면 물 수 있으니 조심해주세요.

Q. 견생 버킷리스트! 꼭 이걸 해보고 싶어요.

A. 출산? 멍….

Q. 어디를 가야 볼 수 있나요? (산책코스 / 출몰지역)

산책 때 만나면 반갑다 인사해도 되나요? (주의사항)

A. 아파트 내 산책 거리.

Q. 2022년 하늘이의 소원은?

A. 안 아프고 싶어요. 병원 싫어요. 그리고 다이어트. 요즘 간식이

잘 안 나와서.

Q. 방아지들에게 하고 싶은 말은?

A. 전! 시크한 게 아니라 고상한 겁니다.

견터뷰

견력서

이름	구름	성별	여
생년월일	?(미안하다...)	나이	9
좋아하는 것	산책, 간식, 약, 새		
싫어하는 것	화난 하늘이, 초인종 소리, 병원		
견(좌)우명	즐겁게 살자		

견력사항

이력	비고
첫 만남	철용 아빠 눈에 적발돼서 자는 도중 방가네 입성
첫 산책	흥분된 마음으로 전력질주. 첫산책 풍경 기억 없음
은아 엄마와의 첫 만남	무서운(?) 표정으로 달려든 이상한 사람. 새로운 경험
첫 예방접종	기함할 듯한 비명과 함께 기절. 기억 없음

능력치/특기

이름	내용	효과
예쁜 미소 짓기	수시로 해맑게 웃음	간식 잘 줌
마라톤	산책시 주인을 끌 수 있음. 내가 이김	안겨서 산책 당함
"앉아" 알아듣기	한번에 알아듣는 말 "앉아~"	간식 나옴
계단 오르기	주인보다 빠르게 계단을 오를 수 있음	계단 앞 바리케이드 설치

견문견답

Q. 다들 제일 궁금해하는 것! "이 집은 강아지들이 제일 얌전한 것 같아!"
어쩜 그렇게 얌전한가요? 왜 짖지를 않나요?

A. 방가네 사람들과 살다 보면 어지간한 일엔 놀라지 않아요.

Q. 그렇다면 언제 가장 심하게 짖었나요? 견생 중 가장 화났을 때~!

A. 지나가던 강아지가 안 피하고 자꾸 뒤돌아봤을 때. 승질나서
앞을 잘 못 감.

Q. 솔직히 방가네 식구 중 제일 좋아하는 사람은?

A. 은아 엄마(간식 잘 줌)

Q. 가장 행복할 때는 언제인가요?

A. 산책 후 간식이 이중으로 나올 때. 너무 신나!!

Q. 견생 버킷리스트! 꼭 이걸 해보고 싶어요.
A. 옆집 리트리버와 한판 붙기.

Q. 어디를 가야 볼 수 있나요? (산책코스 / 출몰지역)
   산책 때 만나면 반갑다 인사해도 되나요? (주의사항)
A. 아파트 내 산책 거리.

Q. 2022년 구름이의 소원은?
A. 이 구역의 왕. 내가 다 이길 거야.

Q. 방아지들에게 하고 싶은 말은?
A. 순해요. 물지 않아요. 만져주세요♥

✱

Thanks to

이 세상 모든 '방아지'들에게

인생을 살면서 '자서전'을 낼 수 있는 사람이 몇이나 있을까요?

상상도 못했던 일인데 살다보니 이런 일도 생기네요.

이 책을 접하시는 분들에게, 누군가에겐 즐거움을,

누군가에겐 배움을 줄 수 있으리라 믿습니다.

이 책을 만들어가며 느낀 건, "야, 우리 이런데도 잘 컸다이?"라는

말이었는데, 이 말을 할 수 있는 건 아무래도 부족함 없었던 부모님의

사랑 덕분이겠죠. 나의 첫 인복 기순 씨, 성숙 씨. 태어나보니 아빠 엄마가

우리의 부모님이었어요. 복 받고 태어날 수 있게 해줘서 고마워요.

그리고 나의 베프 망고 유진아, 내가 복이 많아서 널 친구로 뒀다.

항상 내 곁을 지켜주고 한결같이 내 편이 되어줘서 고마워. 너를 우정해.

마지막으로,

으이구~ 나의 웬수같은 동생들! 효진아, 철용아. 이 녀석들…

생각하면 고맙고, 생각하면 애틋한 나의 웬수들…

이 책을 빌려 더욱더 자랑하고 싶다. 이 녀석들이 나의 동생들이라고.

언제나 든든하고 고맙다. 나의 자부심들아!!!

저는 정말 행복한 사람입니다.

PS. 동워니쓰, 하진이 그대들은 나의 인생에 To be continued야! 사랑해.

방효선 드림

Thanks to

이 세상 모든 '방아지'들에게

Dear. 감사한 모든분들께 ♡

지금까지 저희들의 이야기를 들어주셔서 감사합니다.
영원히 살아있다고 생각하고 있었지만
돌이켜보면 부족한점도있고 아쉬운 부분들도
있었던걸요.. 앞으로 그 부분들 채워가면서
부끄러움없이 잘 살아갈수 있도록 노력할께요
우리 다 같이 멋진인생 살아가봐요
지금까지 제 옆에있어주는 나의 모든 내사람들,
나의친구들, 너무나도 소중한 나의 가족들,,
너무 고맙고 감사하고 사랑합니다
또 고마운, 방효진 저를 응원해주시고
나아가있도록 손 내밀어 주시는 방아지, 팬분들
정말 감사합니다 저는 복이 많은 사랑받은 걸까요
더 좋은 모습 보여드리도록 최선을 다해서
노력할께요, 우리 영원히 함께해줘요 ♡
지금도 열심히 살아가고있을 B분들 화이팅입니다
사랑합니다.

지금까지 저희들의 이야기를 들어주셔서 감사합니다.

열심히 살아왔다고 생각하고 있었지만

돌이켜보면 부족한 면도 있고, 아쉬운 부분들도

있는 것 같아요. 앞으로 그 부분들을 채워가면서

부끄러움 없이 잘 살아갈 수 있도록 노력할게요.

우리 다 같이 멋진 인생 살아가보아요.

지금까지 제 옆에 있어주는 나의 모든 내 사람들,

나의 친구들, 너무나도 소중한 나의 가족들,

너무 고맙고 감사하고 사랑합니다.

또 고은아, 방효진 저를 응원해주시고

나아갈 수 있도록 손 내밀어주시는 방아지, 팬분들

정말 감사합니다. 저는 복이 많은 사람인 것 같아요.

더 좋은 모습 보여드리도록 최선을 다해서 노력할게요.

우리 영원히 함께해요.

지금도 열심히 살아가고 있을 모든 분들 화이팅입니다.

사랑합니다.

고은아(방효진) 드림

✻

Thanks to

이 세상 모든 '방아지'들에게

Dear.

우선 저희의 비극한 이야기를 함께 해주셔서 감사합니다!!
처음 책을 산건도 독특한 것에 나타나줌,,
누군가 나의 이야기를 들어줄때 "재미있을까? 지루하면 않을까?"
그런 생각들이 저를 지배해올때 문득 "그저 세상에 이런 사람도
있구나.." 전부한 생각따위에도 선물이라고 적어 도웠습니다!!
저희의 이야기는 어땠나요?

보내는 똑같다 느께는 여자 다르시겠지만 든든지 독지된다면
사랑을 삼겨가는 가장 필요된건 서로였거든거예요!!
색도 내가면 생각도 못했던 저혼자 여유없는 딱문에 세상밖으로
나온것치럽!!

책을 쓰면서 저의 인생을 다시 돌아보며 느낀건, 소박한 사랑들의
마음을 항상 가지고 살아야겠습니다!!
이걸 보고 계신 여러분도 방아지, 사, 과거에 봤던 선구들도, 쥐냥
그리고 우리 자신!!

항상 정돈하고 솔직하고 따뜻한 이야기 하면서 상속없는
사랑으로 살겠습니다!! 감사합니다!!

- 방청렴맛있자 미고가 -

ARTBOX Greetings CARTBOX MADE IN KOREA www.artbox.co.kr 7-005528

우선 저희의 비루한 이야기를 함께해주셔서 감사합니다!!

처음 책을 쓰기로 했을 때는 덜컥 겁이 나더라구요.

누군가가 나의 이야기를 들었을 때 '재미있을까? 지루해하지 않을까?'

그런 생각들이 저를 지배했는데, 문득 '그저 세상에 이런 사람도 있구나.'

정도만 생각해주셔도 성공이라고 정리가 되었답니다!!

저희의 이야기들은 어땠나요?

보시는 분들마다 느끼시는 바가 다르시겠지만, 한 가지 확실한 건

사람이 살아가는 데 가장 필요한 건 사랑이라는 거예요!!

책을 낼 거라곤 생각도 못했던 저희가

여러분들 덕분에 세상 밖으로 나온 것처럼요!!

책을 쓰면서 저의 인생을 다시 돌아보며 느낀 건,

소박한 시골 꼬마의 마음을 항상 가지고 살자, 였습니다!!

이걸 보고 계신 여러분들, 방아지, A+,

21세기북스 식구분들, 작가님,

그리고 우리 가족!!

항상 겸손하고 솔직하고 따뜻한 이야기하면서 살 수 있는

사람으로 살겠습니다!! 감사합니다!!

방철용이자 미르가

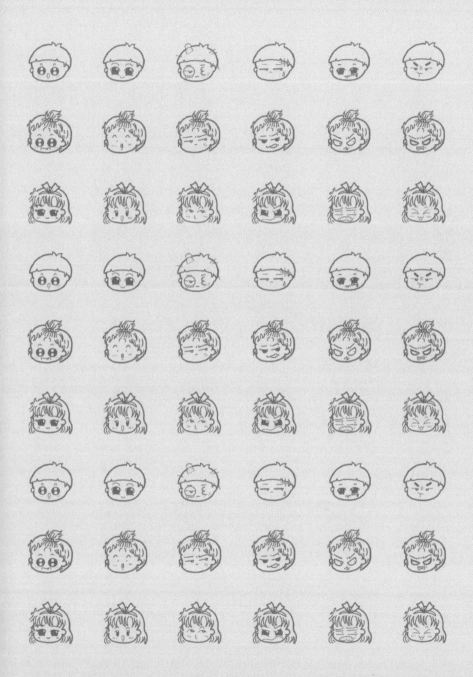